ぎんのさじ

银 匙

〔日〕中勘助 著　郑民钦 译

南海出版公司

新经典文化股份有限公司
www.readinglife.com
出　品

目 录

前 篇

一

　　我的书房里有一个书橱，书橱的抽屉里扔着各种各样的小东西，其中有个早就放在里面的木盒。这方盒子是用软木做的，木板接缝处贴着印有牡丹花图案的画纸，原先似乎是装碎烟叶的舶来品。它没有哪一处显得格外美丽，可是因为木头发旧，那黯然的光泽和柔和的手感，以及盖上盖子时"啪"的清脆的一声，至今仍是我最喜欢的物件之一。木盒里塞满了子安贝①、山茶籽，以及小时候玩过的各种小玩意儿，但是我从来没有忘记，里面有一个形状罕见的小银匙。状如碟子的头部长约半寸，配以稍微翘起的短柄，有相当的厚度，用手指捏着柄头掂量一下，感觉有点沉甸甸的。我时常把银匙从木盒里拿出来，擦去晦暗之色，仔细端详着，爱不释手。现在想起来，意外发现这把

---

① 属宝贝科的螺，据说是女性平安分娩的护身符。（本书若无特殊说明，均为译注）

小银匙还是在我很小的时候。

　　家里原先有一个茶具柜，我长到踮起脚够得着的时候，就经常拉柜门，开抽屉玩，那拉开关闭时手劲儿的感觉和咯吱咯吱的声音都不一样，觉得很好玩。柜子上并排着两张装有玳瑁把手的抽屉，有一张很紧，以小孩子的力气拉不开，这反而激发了我的好奇心。有一天，我费了九牛二虎之力，硬是把它拉开了，心情激动地把抽屉里的东西一股脑儿倒在榻榻米上，有风镇、药囊的坠子等，其中就有这把银匙。我一下子就喜欢上了，拿到母亲那儿去。对她说："把这个给我吧。"

　　母亲正在起居室里戴着眼镜干活，感觉她有点出乎意料，但少有地很痛快就答应了我："那你可要好好爱惜它。"

　　我虽然很高兴，却觉得有点没劲。这张抽屉是从神田搬家到山手①的时候弄坏的，一直没有修理，这把很有来头的银匙甚至都被母亲忘记了。母亲一边做针线活一边给我讲起它的由来。

①位于东京小石川区小日向水道町 92 番地（现文京区）。作者于五岁时搬迁至此地。

二

母亲生我的时候因为难产吃了很大的苦头，连当时著名的接生婆都表示无能为力，于是请来一位名叫东桂的中医大夫。可是母亲喝了他的汤药后，依然毫无动静。性情急躁的父亲大动肝火，把大夫狠狠训斥一顿。弄得他相当为难，找来各种药书，辩解自己开的方子没错，只好等待分娩的时间。母亲经过这一番痛苦的折腾后，终于把我生了下来。后来，我由伯母抚养长大。这个伯母说话很有趣，她连比带画活灵活现地给我讲述当年东桂大夫手指沾着唾液一页一页翻书，接着从药箱里舀药的样子，那一副左右为难的窘相是她不厌其烦的笑料。

我天生身体虚弱，不久身上长出很多肿包，用母亲的话来形容，"像是松塔"，从头到脸，到处都是疙瘩。于是只好继续麻烦东桂大夫。他为了不让肿包的毒性攻心，每天都给我吃黑乎乎的丸药和乌犀角①。母亲说，用一般的匙子把药送进小孩子的嘴里很不方便，也不知道伯母从哪里找来这一把小银匙，后来就一直用这把小匙往我的小嘴里送药。我从来没听过这件事，便情不自禁地对它感觉亲切起来。母亲说，我全身长疱疮，发痒难受，白天晚上都没法入睡，母亲和伯母就轮流用装有红小豆的米糠袋②轻轻拍打疮面，这样一来，我的小鼻子微微翕张，好像很舒服的样子。我长大之前，身体一直很虚弱，神经过敏，还三天两头地头痛。后来，只要家里来人，我就宣称，我脑子不好使就是因为小时候被家里人用米糠袋敲坏的。就这样，母亲辛辛苦苦把我生下来，但因为产后恢复得不太理想，加上人手不够，除了吃母乳的时间以外，就由当时住在我家的伯母一手把我带大。

---

①犀牛角磨成粉制成的中药，有解热、镇痛功效，尤其是小儿疱疮的特效药。以黑色为上等，故称乌犀角。
②糠袋一般是装入米糠，按摩皮肤以美容。这里是装入小豆，治疗天花、麻疹、疙瘩，属于巫术。

三

　　伯母的老伴名叫惣右卫门，身材不高，但在家乡是个武士。因为这两口子都为人厚道，没有工作，到明治维新的时候，家境严重衰败。后来不知明治哪一年发生霍乱，[①]惣右卫门染病去世，此后家境就无法维持下去，伯母终于住到我家里来。听说伯母两口子在老家的时候，有的人就利用他们的善良，穷人自不待言，连家庭并不贫困的人也哭穷跑来借钱。伯母夫妇对他们有求必应，结果弄得自己节衣缩食。否则，即便是穷苦之家，也不至于一下子就完全破产。而这时候，那些债户没有一个登门，还在背后冷嘲热讽"这家人好到犯傻"。这两口子实在没辙的时候，也会上门讨债，可是只要对方稍微一哀求，他们就软下心来，表示同情，嘴里唠叨着"好可怜啊，好可怜啊"，空

───────────────

①明治十年至明治二十八年，日本发生了大规模的霍乱，据说死者多达十万。

手而归。

　　伯母夫妇还非常迷信，不知从什么时候开始总说白老鼠是大黑天神①的使者，也不知从哪里买来一对，"福来啊，福来啊"地念叨，跟宝贝似的养着。可是，老鼠的繁殖能力惊人，最后满屋子都是耗子爬来爬去。伯母夫妇觉得这是吉兆，所以每逢有什么事的时候就蒸红豆饭，把炒豆放在方斗里上供。就这样，本来就不多的钱被人借走，还赖账不还，米柜里的大米也被耗子吃得精光。伯母陪着那个武士老爷，两手空空地远道前来我们刚搬的新家投奔。后来惣右卫门死于霍乱，伯母成了无依无靠的寡妇。伯母谈起当时的情形，说是外国的天主教徒想杀尽日本人，就把恶毒的狐狸赶到日本来，于是"虎狼痢"大流行，有"一日虎狼痢""三日虎狼痢"②两种。惣右卫门得的是"一日虎狼痢"，被送进传染病医院隔离起来。可是在那医院，病人发高烧，全身发黑，也不给喝水，见死不救。据说病人都是因为内脏烧坏而死的。

　　抚育我是伯母活在这人世间唯一的快乐。这固然是因为她没有归宿，没有子女，年龄又大，没有乐趣，实际上

---

①在日本，大黑天神被看作是财富之神。
②霍乱当时俗称"虎狼痢"，造成病人大量急性死亡，当天死亡的称为"一日虎狼痢"，三天内死去的称为"三日虎狼痢"。

还有一个不可思议的缘故，使得她迷信般地疼爱我。其实我有一个哥哥，如果还活着的话，大我一岁，可是生下不久得"惊风"①夭折了。伯母就像自己的亲生儿子死去一样，长吁短叹，呜呜哭泣，总是念叨着："转世再来投胎啊，转世再来投胎啊！"

第二年，我生下来以后，伯母坚信我就是那个死去的哥哥转世投胎，是神佛的恩赐，所以把我当作心肝宝贝般疼爱。尽管我是一个长满疙瘩的脏兮兮的小男孩，但伯母一想到是神佛感念于自己的真挚恳求，带来我这个去往极乐世界的哥哥的转世，定然满心高兴，觉得我极其可爱吧。因此，在我四五岁以后，伯母每天早晨给神佛上供的时候——这是信仰虔诚的伯母幸福的功课——经常把我拉到佛龛前面，让我这个还大字不识一个的小孩子死记硬背哥哥的戒名"一唤即应童子"。按伯母的说法，这就是我在天堂上的名字。

---

①属脑膜炎一类，俗名"抽风"，多发生在幼儿身上。

四

在家里的时候倒没什么，出门一步，都是伯母背着我。伯母嘴里抱怨说腰酸腿疼，却还是不愿意把我放下来。差不多在五岁之前，我的脚几乎没接触过泥地。腰带松开，需要重新系，或者有什么事必须从背上下来的时候，总觉得地面不平稳，踩着摇摇晃晃，就使劲抓住她的和服袖子。那时我浅蓝色的腰带高高系在胸部，身上挂着小铃铛和成田山的护身符。这是伯母的主意，护身符原本就是用来保佑平安的，让我不会受伤，不会掉进河里沟里；铃铛是因为伯母眼花看不见远处，万一走丢了，可以循声寻来。可是，对于一年到头都不从背上下来的孩子来说，这铃铛和护身符实在毫无用处。我身体虚弱，心智启蒙也晚，性格极其忧郁，几乎没有对伯母以外的人笑过，也从来不主动跟人说话。即使家里人和我说些什么，我也懒得回答，只有心情相当不错的时候，才默不作声地点点头。还认生，一副特没出息的样子，甚至见到陌生人都会把脸藏在伯母的背上哭起来。我又瘦又小，肋骨毕现，大脑袋，凹眼睛，家里人都"章鱼少爷""章鱼少爷"地叫我。我自己则改成了方言的叫法"章鱼小子"。

五

我出生的地方可以说是神田一带最具特色的地区，火灾、打架、醉鬼闹事、偷窃从来就没有断过。在我病恹恹的脑子里留下模糊印象的是家对面的米店、粗点心店，还有豆腐店、澡堂、木材店等店铺。斜对面医生住宅的黑色外墙，以及曾经的官员宅邸——我们家就在这宅邸里——那气派的大门格外显眼。

好天气的日子，我就像《一千零一夜》里的小妖怪那样紧贴伯母的背，[1]她凭着老年人的脚力把我背到她觉得有意思的地方。我们家后面的胡同尽头有一户做蓬莱豆[2]卖的人家，几个背上刺着俱梨迦罗龙王刺青的男人只系着一条兜裆布，毛巾缠头，一边唱歌一边炒大豆。这些男人像凶神

---

[1]《一千零一夜》中第 307 夜的故事，一个紧紧趴在辛巴达肩膀上的老人妖怪。
[2]大豆炒熟后裹上糖衣再着上红白两色的小点心。

恶煞一样可怕，那哗啦哗啦炒豆子的声音听着闹心，十分讨厌。要是伯母带我去这种烦心的地方，我就会扭着身子哭鼻子，然后指着自己想去的方向，也不说话。于是她明白小妖怪的意图，背着我去想去的地方。

我最喜欢的地方是至今依然保存完好的神田川边上的和泉町的稻荷神社。大清早没人的时候，我就往河里扔石子，敲打大果子一样的铃铛，玩得特别开心。伯母把我从背上放到干净的石头或者神社的石阶上，然后参拜神社。中间有孔的铜钱扔进香资箱里发出的哗啦啦的响声很有意思。不管参拜什么样的神佛，伯母总是祈愿保佑我身体健康。

有一次，伯母从身后拽着我的腰带，我抓着河边的木栅栏，看见白色的鸟儿在水面上飞来飞去捕鱼觅食。那一对柔软的长翅膀优美舒缓地拍打着，在空中宁静飞翔的姿势，对于经受多病体弱之苦的孩子来说，往往是一道赏心悦目的风景。我感到从未有过的愉快。这时，偏偏有一个背着鸡蛋和饼干的女商贩过来歇脚。我立刻像往常一样趴在伯母背上。那个女人放下背上的筐子，拿过罩在上面的毛巾，一边擦脖子，一边和伯母搭讪，甜言蜜语恭维一番，一副要把意志不坚定者拿下来的架势。她见我要从伯母背上下来，立刻打开饼干盒引诱我。她拿出一块小金币大小的饼干，捏在手指头上转动着，嘴里叫道"小少爷、小少爷"，让我拿着。伯母见状，只好买了。

即使现在看到商贩把贴着柿漆纸的筐子从肩膀上吃力地卸下来，打开，里面是埋在稻壳里的白里透红的鸡蛋和香喷喷的饼干，我也想全都买下来。稻荷神社后来修建得很漂亮，也热闹起来了，当年的柳树如今依旧在悠然婀娜地随风飘拂。

六

不去稻荷神社的日子,伯母把参拜神社的香资和看节日表演的门票钱装进脏兮兮的钱包里,带我去著名的传马町的牢狱旧址[1]。那里经常有曲艺杂耍的演出,还有很多小摊贩,有烤蝾螺、炒蚕豆、橘子汁,还有应季的玉米、炒栗子、矮栗等。挂着红白相间幕布的曲艺棚的入口处,盘腿坐着一个男人,身边放着响板和鞋子存放牌,手指捂在嘴唇上,吆喝着"好看啦!好看啦!"招揽观众。要说节目内容,有用铁链拴着野狗,让公鸡啄它的鼻尖,野狗痛得吼叫不止;有所谓的"河童"[2],头上有坑,在水里吧嗒吧嗒乱动;还有唱祭文,一边吹海螺号,敲打铜棒似的东西,

①位于小传马町的牢狱旧址,曾在江户时期作为关押犯人的场所。明治十六年将高野山的弘法大师的佛像移到此地,建高野山安乐寺,慢慢变得热闹起来。
②葫芦瓢上粘毛做成类似"河童"的脑袋,放在水中,下面用绳子拉动使其浮沉。

一边唱念祭文，喊着"特咯棱、特咯棱……"①。这些东西一点意思都没有，可是伯母经常把我带到她喜欢去的地方。偶尔还有木偶戏，在开满樱花的山坡上竖着一块大广告画，上面画着我在草双纸上见过的那样的小姐，在击鼓跳舞。我非常高兴。可是一到那里，在嘚锵嘚锵的可怕声响中，突然有一个脸上和手脚都涂得红彤彤的家伙挂着歪歪斜斜的带子跳将出来，吓得我哇哇大哭起来。后来一问，才知道那是千本樱里的狐忠信。②

我喜欢的一个节目是鸵鸟和人摔跤。男子把毛巾拧成麻花状扎在额头上，穿着击剑的护胸，一蹦一跳地向鸵鸟挑战。鸵鸟被激怒以后，啪啪地猛踢过来。有时候他抓住鸵鸟的脖子把它制服，有时候他也会被鸵鸟踢中，叫嚷着"输了！输了！"逃出去。在这期间，准备交替上场的另一个人在角落里吃着盒饭，而此时没有上场正闲着溜达的另一只鸵鸟悄悄走过来，突然伸脖子要吃他的盒饭，吓得那人撒腿就跑。观众见状，都笑起来。伯母说"鸵鸟饿得很，连饭都吃不上，好可怜"，说罢落下眼泪。

---

①即特咯棱祭文，站立在门前行乞时唱念的经文。行乞人吹着螺号，手里摇着短短的锡杖，在说唱时加入"特咯棱、特咯棱"的声音，是现在的浪花节的原型。
②净琉璃三大杰作之一《义经千本樱》第四场《道行初音旅》中出场的小狐狸化身成人的故事。这只狐狸变成义经的家臣，手持父母的狐皮做成的初音鼓，替义经守护静御前。

七

　　像我这样的人生在神田的中心区，比河童在沙漠里孵化更不合适。住在附近的孩子都是地道的神田人，一个比一个调皮捣蛋，不仅不会和我这个窝窝囊囊的病孩做朋友，只要愿意，还随时都会给我苦头吃。其中一个是斜对面布袜店的孩子，看到伯母发呆的时候，冷不丁从后面跑过来，打她一个嘴巴，一溜烟逃走了。我非常怕他，总是躲着他。在家里的时候，伯母把我抱到临街高高的窗台上，我抓着窗格子，她在背后扶着，让我观看街面上的马匹、车子等景物，还告诉我这些东西叫什么。对面的米店有一只被车子压成跛脚的鸡，羽毛和尾巴稀少邋遢，满是灰尘，每次看到它单脚独立，伯母总说这鸡好可怜，到最后连我都不想看见它。我平时玩耍的地方是一间只有三叠大的小房间，里面有佛龛，非常阴暗。晚上就是我的寝室，也时常成为姐姐们的自修室。我至今还记得当时十二三岁上小学的两个姐姐从状似西式信封的包袱皮里取出黑黝黝的书册，摊在老旧的木桌上练习写字。有一张桌子长约三尺，有两个抽屉，抽屉的把手都掉了，就用纸裹着笔杆插在窟窿眼里。另一张桌子很矮，小孩子的膝盖能勉强放进去，有一个很浅的抽屉。这些桌子从哥哥传给姐姐，从我传给妹妹，几十年按年龄顺序一个个传下去。站在桌子上，让大人抱到窗台上，就能看见院子那头黑墙边上的大株杜鹃树。一到夏天，大朵大朵鲜红的杜鹃花大片绽放，虽然在城市中心，时而也有蝴蝶飞来采蜜。我看着蝴蝶不停地拍动翅膀，这时伯母从身后探过头来，说这黑蝴蝶是住在山里的老大爷，这白蝴蝶、黄蝴蝶都是小姐。小姐们很可爱，但老大爷抖动着又黑又大的翅膀飞来飞去，我觉得很可怕。伯母还从用草纸精心裱糊的皮箱子里拿出各种各样的小玩具给我玩。这么多玩具中，我最喜欢的是从家外面的水沟里捡来的黑漆小土狗。那张脸看上去觉得亲切和蔼。伯母说这是"狗神"，用空箱子还是什么制作一个神社，把土狗放在里面，向它跪拜。另外还有一个看上去笨头笨脑的丑红牛①，也是我的珍爱之物。只有这两件东西是我在这世界上的好朋友。

---

①丑红是三九寒冬的丑日买的口红，据说可以防止口腔皲裂，也叫寒红。东京有个风俗，只有在丑日这一天买口红，才会给顾客送一个小礼物土牛。

八

此外，我还有刀、长刀、弓箭、枪等一应俱全的武器。伯母给我戴上黑漆帽，插上短刀，把我装扮成一个有模有样的武士，自己也头扎毛巾，端着短刀。两人分别占据长长的走廊两端，开始玩打仗游戏。双方做好准备，便一本正经地端着架势互相接近。两人在走廊中间位置相遇，我喝问道：

"来者是四王天①吗？"

敌人也问道：

"你是清正吗？"

我也同样高声说道：

"来得正好。"

接着嘴里一声"杀！乒乒乓乓……"，模仿着兵器碰

---

①即四王天政孝，战国时代的武将，一般也称呼其为四王天但马守。

撞的声音，双方交战，一时势均力敌，不分胜负。这是山崎会战①的场面，我扮演加藤清正，伯母扮演四王天但马守。一会儿，两人扔掉兵器，开始徒手肉搏。经过一番拼搏，四王天看到清正开始疲劳，便悲叫一声"完蛋了"，扑哧一下倒在地上。

我趾高气扬地骑上去，按住伯母的身子。她满头大汗地说道"不必捆绑，杀头吧"，始终扮演着四王天的角色。

于是，清正拔出短刀，在她满是皱纹的脖子上比画着，做出杀头的动作。而四王天皱着眉头，闭着眼睛，身子软绵绵的，也装作死去的样子。

这样胜负已见分晓，游戏便结束。要是下雨天，这个游戏有时候会反复进行七八次，最后四王天气喘吁吁，累得走不动路。直到伯母带着哭腔哀求"啊，不行了！啊，我不行了！"，游戏才停下来。有时伯母过于疲惫，被杀头以后，还一时半会儿爬不起来。这时候，我还以为她真的死了，胆战心惊地摇晃她。

---

①羽柴秀吉、织田信孝等在山城国乙训郡山崎附近大败明智光秀的战役。加藤清正是秀吉一方的武将，四王天但马守是光秀一方的武将。

九

明神祭①的时候，由于位置的关系，我家一带非常热闹，街上的小伙子们在家家户户的屋檐上装饰起了红白人造花，提着绘有旋涡状图案和太阳图案的灯笼上街游行。我们家的屋檐也挂着人造花和灯笼，这让我很高兴。这一天，有的店家会铺上毛毡，挂上四神剑②。两只鼓鼓的大脑袋被恭恭敬敬地摆放在台阶上，这是一对供神酒的大酒壶，看上去就像竹签串着的萝卜卷。金色狮子那银色的眼珠睁得大大的，头顶装饰有宝珠。神社门前鲜红的石狮子金色的眼珠炯炯有神，鬃毛倒竖。伯母让我和丑红牛、土狗交朋友，她用这个本事让我也和狮子、神社门前的石狮子好起

---

①即神田祭，神田明神的祭礼，有神舆巡幸、彩车、舞蹈等表演。
②在绘有四神（青龙、白虎、朱雀、玄武）的旗帜顶端插一把剑，但后来逐渐演变成在帘子上描绘狮子头。这里所说的四神剑大概只是保留原先的称呼，狮子头俗称四神剑。

来，所以我看见那可怕的面孔也从来没哭过。从身穿一样的浴衣的小伙子到刚刚学会走路的小孩，都扎着头巾，在额头打个结，斜绑着姜黄色的麻布带子——我特别喜欢这个挂着铃铛或者不倒翁玩具的布条。小伙子们穿着白色厚底布袜，露出肉乎乎的腿肚子，拿着要多大有多大的万灯①摇晃着行走。挂在屋檐下的灯笼，在街上穿来走去的万灯，灯里的烛光都在闪烁跳动。染成红白相间的万灯顶端垂挂着的币束②窸窸窣窣地在空中甩动，这是我最喜欢的。街道上各个主要地点都有一群大孩小孩围着樽御③，准备跟其他队伍"对打"。伯母喜欢这样热闹的地方，也给我斜挂上带子，用布巾缠头，带我出来。我趴在她的背上，和服的下摆披上来，露出红色法兰绒细筒短裤，把长衣袖夹在带子里，手里拿着小万灯。这时，围在樽天王④旁边的孩子中，有一个淘气的孩子看见我，便冲我嚷嚷：

"喂，臭小子！怎么让女人背着你玩万灯？"

说着，便有两三颗石子扔过来。

伯母胆战心惊，连忙说道：

"这孩子身体不好，你们放过他吧，放过他吧。"

---

①带柄的灯笼。
②日本神道教礼仪中献给神的纸条或布条，串起来悬挂在杆子上。
③空酒桶仿制的神轿，主要供小孩子抬。
④即樽御舆。

我们急急忙忙往回走，两三个孩子吧嗒吧嗒追上来，抓住我的双脚，要把我拽下来。我手臂紧紧绕着伯母的脖子，哇地大哭起来。伯母一边把我绕着她脖子的手拉开，一边说"饶了他吧，饶了他吧"，慌慌张张地跑回家。等到松一口气，缓过神来，才发现我的万灯和木屐不知道丢到哪里去了。那一双有浅蓝色带子的木屐是我的心爱之物。

十

由于体弱多病，我常常离不开医生，好在那个爱用乌犀角的东桂大夫不久便去世了，取而代之的是一位"西医"高坂大夫。东桂大夫拼命发出来的疙瘩被高坂大夫用西药一洗，立刻见效，皮肤变得光洁。这个大夫长相怕人，但善于讨孩子的欢心。我以前吃东桂大夫的丸药，难吃得很，尝够了苦头，但这个高坂大夫哄得我也愿意喝他加上甜味的药水。后来，他劝说我们，为了我和母亲的健康，无论如何应该搬到山手一带空气新鲜的地方。恰好那时父亲在老爷家里的工作也告一段落，正是赋闲的时候，就把自己这份差事交给别人，下决心搬到小石川地势较高的地方。

搬家那一天，大家都对我说，以后就不到这个家里来了。我看着这么多人来帮忙，来来往往热闹得很，觉得有意思，而且我又是和伯母同乘一辆车，看着车子排成长队前行，兴高采烈，一路上兴致勃勃地说话。车子没走多久，道路两旁逐渐荒凉起来，最后爬上红土的长坡——我以前从来不知道什么叫坡路——终于来到新居。这是一栋有杉木围墙的老住宅。

十一

　　这一带的老住宅都是杉木围墙，环境幽静。大抵都是旧幕府时代的武士家族世代传承下来的宅邸，虽然时代变迁，他们的家族衰微下去，但还没有败落到生活难以为继的惨境，过着简朴悠闲的日子。由于地处偏远的乡下，左邻右舍的关系不只是见面打打招呼而已，还互相了解各自的家庭情况，交往密切。用作围墙的杉木枯败腐朽，也没有修整，宅院里多少有点荒地，种着果树等植物。各家宅邸之间或是田地或是茶园，都是小孩子或者鸟儿游戏的场所。农地、树篱、茶园，目之所及都很新鲜，令人高兴。我们现在暂居的住所，要在旁边的空地上修建新居。阴暗的玄关旁边有一棵交让木，我很喜欢那叶子和红色的叶茎，摘下那光滑的叶子贴在嘴唇上、脸颊上轻轻摩擦。搬过来的第二天，有人捉来蝉放进家里的鸟笼。我以前从未见过蝉，也从未听过蝉鸣，觉得很有意思，可是一到鸟笼旁边，蝉就扑打着翅膀吱吱乱叫，又让我害怕。

每天一大早被叫起来，让我光着脚丫在野草丛生的荒地上行走。荠菜、莎草等，光是记这些草的名字就很费劲。而这时候，年近八十的老祖母也总是在光头上缠着棉质头巾，拄着拐杖，和我一起踩着露水行走。祖母将一颗饱满的三头栗①埋在后墙根的土堆里，说孙子们长大的时候就可以吃到这树的栗子了。祖母去世以后，我们把栗子树命名为"祖母栗"，精心照料。三棵树都长得茁壮高大，一到秋天，过去的孙子们打下好几筐栗子，剥开来给自己的孩子。

很快，房子就开始动工。拉木料来的牛马拴在墙根，我趴在伯母背上战战兢兢地去看它们。马从大大的鼻腔里喷吐出棍子般的粗气，撕扯着杉树叶吃。牛一打饱嗝，好像有什么东西吐出来，哞哞地咀嚼。马的脸长长的，给人一种不稳重的感觉；牛显得稳稳当当，舔着舌头，脸蛋圆圆的。我喜欢牛。施工现场传来凿子、锛子、板斧叮叮当当的声响，让我这个病孩的心脏怦怦直跳。工匠里有一个名叫阿定的，待人很和气。我站在他身边，看着从刨子的凹槽里滴溜溜卷起来落到地上的刨花，他总是捡起好看的刨花给我。把杉树、扁柏的刨花含在嘴里嘬一嘬，舌头和

①一个壳里含有三个果实的栗子。

脸颊都发涩发紧。我双手捧起暄腾的锯末，锯末从指缝漏下来，有种痒痒的舒服的感觉。阿定总是留到最后一个才下班，清脆地嘭嘭击掌，双手合十拜月亮。我喜欢在他们干活的地方转悠，一直等到看阿定拜月。但是，其他工匠给阿定起了个外号叫"怪人"，还说"这种家伙准得早死"。环视残留着笤帚清扫痕迹的干净的工作场地，刚才的喧闹顿时消失，暮霭悄悄地开始笼罩。我恋恋不舍地被叫进去，又开始等待明天早晨的来临。就这样，我每天都陶醉在四溢的木材芳香里，心情也变得清爽起来，不可思议地看着新居逐渐竣工。

十二

　　隔着一块不大的茶园，南面有一座叫作少林的禅寺。伯母说那寺院很大，对于笃信宗教的她来说，只要是寺院，总有一种亲切的感觉，于是经常带我到寺院去。从山门到玄关约有二十间①的距离，铺着两行石板。石板两侧是荒芜的茶园，随处可见杉树等树木。我经常让伯母给我摘茶花，可是茶花十分脆弱，摘一朵，其他好几朵也跟着零乱地飘落下来。雨后，每株茶树上都挂着晶莹的水珠。这平淡无奇却略含古雅情趣的茶花是我幼时最美的回忆。浑圆的白色花瓣暄软地围裹着黄色的花蕊，在卷曲的暗绿色树叶背后绽放。我总是习惯把茶花整个儿贴到鼻子上闻香。左面的阏伽井②旁边有一株桂花树，一到开花时节，馥郁的香气

---

① 1 间约为 1.82 米。
② 汲水用以供奉佛前的水井。

扑鼻而来。水井打水时滑轮的嘎吱嘎吱声穿过宁静的茶园，在我家里都能听得见。摆放在正殿玄关前的大屏风上描绘着色彩浓艳的孔雀。雄鸟垂着蓑衣般的尾巴，不知站在什么上头，它身边，一只个子略小的雌鸟正弯身啄食。周围是五彩缤纷的牡丹，几只蝴蝶在花丛中翩飞嬉戏。

伯母还时常带我去锼阿寺玩耍。我拽着很粗的麻花绳当当地撞响鳄嘴铃时，伯母就把香资扔进去祈祷。伯母摸我的脑袋，然后再摸宾头卢^①的脑袋，交替着抚摸，祈求我的脑病能够治愈，最后摩挲自己的眼睛。这尊宾头卢佛像盘腿坐在台座上，露出满是手垢的木胎，翻着大眼睛。锼阿寺和其他寺院一样，也有挂着奉纳的土黄色和浅蓝色毛巾的自流井，水面上浮着一柄圆形笤子，看起来像是草双纸故事^②《阿波鸣门》里，阿鹤手里拿着的那个笤子。^③伯母虔诚地用双手接水清凉一下眼睛，然后睁开眯缝的双眼，说道：

"感谢大日如来，好像好一些了。"

据说这个寺院的签特别灵，甚至有外地人老远赶来求

①即宾头卢尊者，释迦牟尼佛的弟子。十八罗汉之一，俗称"抚摸佛"。病人摸一下自己的患处，再摸一下这尊佛像同样的部位，祈愿疾病尽快治愈。
②产生于江户时代的面向妇女和儿童的绘画小说。形式如长幅画卷，可以卷起来，中间用带子系结。
③净琉璃《倾城阿波鸣门》中的阿鹤以巡礼方式寻找双亲，其父阿波十郎兵卫不知道阿鹤是自己的孩子，为了钱竟将其杀害。

签。有一次，伯母为我求签，想询问我的病体能否康复。她走到正殿边上的拉窗前面，说道："有一事相求。"

"好的。"

脑袋刮得发青的年轻和尚探出头来。伯母把情况说了一遍，请他抽签。和尚走到主佛面前，求拜片刻，拿起盒子哗啦、哗啦、哗啦啦摇动几次，然后从中抽出一支签，展开来，把上面的文字认认真真地抄写在一张纸上。伯母说看不懂这"方块字"①，让和尚逐字解说。据说是这孩子将来身体健康、生活幸福的意思，伯母满心喜悦地回家了。

①即汉字。

十三

　　往偏静的方向走大约一町①，有一块木槿树篱圈围的荒地，里面养着五六只鸡，有一对卖粗点心的老大爷老大娘。我第一次看见稻草葺顶的房子、破土墙、吱嘎吱嘎的汲水吊桶等，非常喜欢，所以和伯母去那里买点心成了一大乐趣。老大爷老大娘耳朵都很背，叫半天也不出来。得使劲叫喊，好不容易才走出来，然后把各个箱子的盖子都打开让我看。有金华糖、金玉糖、天门冬糖、棒棒糖。竹羊羹含在嘴里，竹子般的清香味道在舌头上滑动。还有一种阿多糖②，切口处有小孩的脸形，有的哭有的笑，脸朝的方向不一。这阿多糖红蓝条相间，咔嚓咬断，再一吸，从空心洞里送出一丝甜甜的风。我最喜欢吃的零食是肉桂棒，就

---

① 1 町约为 109 米。
② "阿多"即多福，类似切口处有金太郎脸形的金太郎糖。

是糖棒上撒有肉桂粉，甜腻腻中带着刺激性的肉桂香。有一天下大雨，我也不知道怎么回事，突然觉得老大爷老大娘很可怜，而且又特别想吃肉桂棒。伯母拗不过，只能给我穿上和服外罩，背我过去。可是那一次真不凑巧，没有我想要的肉桂棒，我大失所望，哭着回来。如果我乖乖地喝"牛的奶"，或者不闹脾气快活玩耍的话，就给我买"嘎朗嘎朗"①作为奖励。我玩着染成红白两色的桃形、文蛤形的嘎朗嘎朗，由伯母背我回去。回到家里，把嘎朗嘎朗打开，里面有的是纸做的小鼓，有的是洋铁做的笛子。我把这些东西都当作宝贝一样收藏起来。还有一种粗点心，皮呈泥土色，包成三角形，接缝处用歌舞伎演员的肖像画封起来。

①即"嘎朗嘎朗煎饼"，一种粗点心。原先是一种婴幼儿玩具，一般是带柄的圆筒，圆筒里装有小球，摇晃时发出嘎朗嘎朗的声音。后照此形状制作的粗点心也叫"嘎朗嘎朗"。会做成文蛤、圆球等形状，并附带小玩具。明治十四年前后开始出现。

十四

我天生体质虚弱，加上不爱运动，消化不良，就像蜂王一样，不把东西塞进我嘴里，就忘记吃东西。为了让我吃饭，伯母不知道费了多少心血。去参拜伊势神社的时候，伯母总是在空羊羹盒里装上饭团带去。我有时就跟在伯母身后，在院子里绕着假山转几圈，最后走到石灯笼前面，拍手合掌参拜，接着坐在松树下的石头上吃盒饭。还有的时候和妹妹、奶妈一起带着紫菜卷寿司，到盛开着月见草花儿的原野去吃。从长着杉树、朴树、榉树等大树的山崖上举目四望，可以清晰地看见富士山、箱根山、足柄山等山脉。我从未这么高兴，正吃着午饭，不凑巧看见一个人从对面过来，我马上把筷子一扔，说道，回去吧。在活物中，我最讨厌的就是人。这个样子吃什么都不香，于是伯母发挥她独特的口才，添油加醋，把食物说得津津有味劝我吃。

比如酱油煮文蛤，她说那可爱的蛤贝吐出舌头在龙宫的公主前面爬行，还讲述与竹笋相关的孟宗竹①的故事，我听得真的津津有味，结果这两样都成为我爱吃的东西。把胖墩墩的竹笋洗干净，沿着竹节排列着短短的根须和紫色的"痣"。把笋皮对着阳光看，上面长着一层金色的细毛，背面有洁如象牙的白条纹。我把大笋皮戴在头上，让伯母把小笋皮的细毛刮掉后包裹梅干，放在嘴里嘬一会儿，笋皮被染成红色，酸酸的汁从皮里渗透出来。我也喜欢淡竹②。看着在砂锅里咕嘟咕嘟翻滚的竹笋，还有伯母试味时那好吃的样子，我馋得就像蜂王一样，不由得流口水。我经常撒娇，自己不拿碗筷，伯母就把色彩漂亮的小碗放在我嘴边，一边说"小麻雀来了，小麻雀来了"，一边让我吃。鲷鱼外观很好看，鲷鱼的脑袋里有"七个道具"③，还有财神爷的故事也让我十分兴奋。鲷鱼的眼珠很好吃，外皮很脆，但里面十分柔韧，怎么咬也咬不断。吐出来一看，有半透明的玉石一样的东西落在盘子上。鲷鱼的白牙也很有意思。

---

①孟宗在寒冬挖笋孝顺母亲的故事，中国二十四孝故事之一。

②竹的一种，也称汉竹、唐竹、刚竹。

③指鲷鱼脑袋里不同形状的骨头的名称，如"大龙""鲷石""三道具""鲷中鲷"等。

十五

　　那时候有一位精神病人某某。据老年人说，这个人年轻时候专注于学问，一心读书，心气变得傲慢起来，后来发展到神经错乱。他蓬头垢面，污垢尘土使他的皮肤变得粗糙，身上穿着烧焦的破衣烂衫，手持一根很粗的竹杖。不论春夏秋冬，总是光着脚，不声不响地到处游荡行走。了解他过去的人觉得他可怜，给他饭团，他像捧着化缘的铁钵一样小心翼翼地双手捧回去。偶尔有人施舍衣服，他也就勉勉强强穿一两天，又换上原先的破衣服。他在离我家大约两町的地方，在一户农家的旁边掘洞而居，一年到头都生着火。心情好的时候，便从洞穴里出来，漫无目的信步而行。走得厌烦了，转身就回去。不论刮风下雨，经常看见他在附近转来转去。只要一天没见他的身影，人们就说今天某某一定心情不好；要是三四天没见他，大家就说他可能是病了，满怀同情。难以理喻的是，如果在路上遇见女人，他会后退两三步，嫌脏地呸呸吐唾沫。伯母有洁癖，从第一次看见他开始，就特别厌恶他身上那一股酸臭味，没等他后退三步，伯母甚至恨不得自己转身逃走。有一次，伯母背着我去那家点心铺，在路上一下子遇见他，伯母实在难以忍受，对他说："给你五钱，求你了，你能不能去洗一把脸。"说着从腰带间掏出钱包。没想到某某有点吃惊的样子，他停下脚步，像是气呼呼地使劲摇摇头，甚至忘记了吐唾沫，快步回去。我成长为一个地地道道的淘气少年的时候，这个精神病人还一直活着。有一天，大家传说某某昨晚被烧死了。我战战兢兢地到他的洞穴一看，只见那根被烧焦的竹杖和柴火，不见某某的人影。

十六

伯母说教我玩"树果果",便从白山茶树上把果实打下来,可是她眼力不济、体力不支,往往偏离目标,打下来的尽是枝枝叶叶。"树果果"是我故乡这地方的游戏,各自挑选同样数量的从形状上断定里面有种子的山茶果,拿出来混在一起,然后大家轮流用双手抱着山茶果摇晃,放在榻榻米上,把果壳剥开,看籽仁上有多少白色的芽眼,多者为胜。这种通过外形与重心的关系判定是否有种子的游戏,参与者也有强弱的区别。据说有的人用漆涂抹在籽仁上伪装色泽,还有的人狡猾地往果实里灌铅,伪装成沉甸甸的饱满状。我把伯母打下来的果实收集起来,敲开外壳,里面的籽仁有的像小船,有的像箭镞,色泽明亮的籽仁在果壳的隔膜里紧紧地挤靠在一起。我按照不同的形状,分别称呼它们为"mou""jia""toko""kai"等。这样收集五六十粒种子,遇上雨天，闲着无事，就在家里玩这种"树果果"游戏。

到了夏天，天上的白云变幻出各种各样的形状，在阳光灿烂的明亮天空浮动。伯母一本正经地告诉我，那是文殊菩萨，那是普贤菩萨。有一次，我玩累了，躺在草地上，望着状似保佑自己的佛像的云朵飘过来。而就在这时，恰好从旁边经过的似是仰卧的观音菩萨的云朵突然分解，变成可怕的形状。我以为是妖怪伪装成观音菩萨来抓我，急忙逃到伯母身边。从此以后，我把这种形状的云朵叫作"死人观音"，只要一看见那样的云影，就立刻躲起来。

皮箱里除了山崎会战的武器外，还有玩具，其中的鼓和笙是珍藏的贵重物品。黑漆笙斗上绘有蔓草图案的泥金画。排成圆形的长短不一的笙管会发出不同的柔和声音，给予我脆弱的神经很大的快感。鼓不大，背在我的小肩膀上正合适。鲜红色的调音绳①、形状有趣的鼓身，我都很喜欢。伯母对什么都略通一二，她让别人打小鼓，自己则用大鼓伴奏，恰到好处地合拍击鼓。此外，还有做成兔脚形状的化妆粉刷、抠卡在喉咙里的鱼刺的鹤嘴钩、像是用来敲打刀柄钉眼的黄铜小槌。这些小东西都放在有很多小抽屉的橱柜中，在一个标有"某某"字样的抽屉里。我从来没说想要里面的哪一样东西，伯母便一件件拿出来，像猜

---

①穿过鼓面边缘窟窿的绳子，以系的松紧来调节声音。

谜语一样问我"这个喜欢吧"、"那个喜欢吧",我总是摇头,磨磨叽叽的,一般都得等她拿出那个土狗和丑红牛,我才高兴起来。我心里一不痛快,就随手扔东西,见啥扔啥。伯母也不生气,担心我哪里不舒服,就用手摸我的额头。要是发烧,立马带我去看医生。我很讨厌看医生,所以伯母一摸我的额头,我就马上老实下来。

菊花盛开时节,伯母说:"我给你做一个菊花毡,你听话,老实点。"

她从屋后的地里采摘来菊花,给我做了个菊花毡。这是用各种菊花的花瓣铺在纸上,拼出阿拉伯式的图案,用重物在上面压一会儿,就成了芳香四溢的菊花毡。我非常喜欢这个东西。

我还把书箱里满满的草双纸倒出来,让性子不紧不慢的伯母一个接一个地讲故事。如果因为什么事挨了训斥,我就闹别扭,甚至对他们过来想方设法哄我都觉得厌烦,一个人躲在角落里翻看草双纸,玩弄小玩具,觉得土狗、丑红牛、小槌子、草双纸里的公主虽然不会说话,但还是它们最亲切地慰藉了我的心。这样一来,本来已经哭过,但委屈的泪水又稀里哗啦掉落下来,一边抽抽搭搭地哭泣,一边心想"要是有这样的朋友该多好啊",从而怨恨起所有的人。

十七

晚上，家人集中在起居室里，我在大人身边，把玩具都倒出来玩，要是发困了，心里就烦躁，揉着发痒的眼睛，哭哭唧唧地耍脾气。这样一来，伯母便一边说"宝宝要睡觉喽"，一边把散落一地的玩具收拾起来，还稍稍用力地按着我的后颈让我向大家道"晚安"。这时候我总是倔强地说"我不睡，我不睡"，可还是被拉到卧室。这间卧室里，伯母抱着我睡，奶妈抱着妹妹睡。天一擦黑，就点起行灯，铺好被褥。只要我心情不好闹点别扭，就拉进来睡觉。冬天把几件睡衣叠在一起，放在脚炉上，烤得热气腾腾，然后拿起来，一边夸张地呼呼吹气，一边裹在我瘦小的身子上。有一条棉被是菊花图案，还有一条是印花布，紫红底色，有戴菊鸟和树枝的图案，像是外国货。不过，我喜欢被太阳晒过的感觉，经常趴在暄腾腾的被子上埋头闻着那种气味。

我怕黑，所以伯母哄我躺进被窝以后，从行灯的抽屉里拿出一条新的灯芯点亮。她把灯芯的一端小心地和浸泡在灯油里的旧灯芯并排在一起，只见旧灯芯的火花噼里啪啦地传给新的灯芯。伯母接着颤抖着手，好不容易把伸到灯碗外面的灯芯上摇晃的火头拨亮，再从油壶嘴咕嘟咕嘟地倒入黄褐色的菜籽油。松软的灯芯、灯油逐渐浸透灯芯的过程、灯芯固定棒、灯油的气味，都让人觉得有意思。我还发现沉在灯油底下的虫子黑色的尸骸，还有灯碗边上粘着的"丁香"①，这是最讨厌的。于是，伯母每天都要换上新的灯油，用刀刃破损的刀子咔嚓咔嚓刮掉丁香结。对于我这个胆小鬼来说，行灯实在太令人恐惧了。我睁着发困的眼睛，从被窝里看过去，以丁香花结为中心挺立的纺锤形火焰像一只细长的眼睛，还有伯母几乎要烧焦鼻尖似的把脸紧靠上去挑亮灯芯时，那映照在行灯罩纸上的放大的影子，让我觉得来了一个什么妖怪。伯母一边把火柴放进抽屉里，一边为受火光的引诱扑火而死的小虫子念佛祈祷。我看着亮光照不到的壁龛顶上，总觉得那里藏着魔鬼，睡不着。

这时候，伯母就说"在哪里啊"，然后提着行灯照亮

---

①灯芯头上结成的黑块，状似丁香果实。

壁龛，说一句："没有啊，什么也没有。"让我放心。

我想象中的魔鬼都是披头散发，脸色乌黑。

伯母说："夜里要是害怕，你就大声叫喊。伯母很厉害，那些坏蛋都会逃跑的。"

伯母给我讲很多很多的故事哄我睡觉，她虽然不识汉字，却博闻强记，有着几乎无穷无尽的故事宝藏。有时候忘记了故事情节，她会按照自己随意的想象接续下去，而且编排得合情合理，深得其妙。不论是武士，还是公主，她都说得绘声绘色，最后甚至连妖魔鬼怪也在行灯的昏暗光线中栩栩如生地出现在我的眼前。

十八

　　其中最令人悲伤的，是孩童在冥河河滩上垒石头的故事和千本樱初音鼓的故事。伯母声调悲切地唱巡礼歌，唱一段解说一段。我虽然对故事的来龙去脉还听不太懂，但明白是说夭折的孩子感到对辛辛苦苦十月怀胎的母亲没有报恩的机会，就在荒凉的冥河河滩上垒石建塔，为自己赎罪，但魔鬼用铁棒把建造的石塔摧毁，让他们遭到沉重的打击。幸亏心地善良的地藏菩萨保佑他们，把他们藏在袈裟里面。我每次听这个故事，心头就像窒息一样闷闷不乐，想到这些孩子的身世命运这般可怜，不由得抽抽搭搭地哭泣起来。这时，伯母就抚摸我的后背，说道：

　　"好了，好了，别哭了。地藏菩萨来了。"

　　所谓地藏菩萨，在我脑子里就是手持锡杖站在路边的石佛那样的神佛。

我就这样由虔诚信佛的伯母一手带大，也不懂人兽之间的区别。听了父母亲的皮被剥下来的可怜小狐狸的故事，我深感悲伤。小白狐的父母被剥皮的时候，嘴里还叫着"我的孩子多么可爱啊，我的孩子多么可爱啊"。这是我听过的三个有关鼓的故事中最令人伤心悲悯的一个。这既不是在神秘的云彩笼罩下从天而降的鼓，[①]也不是无情人以绫罗作鼓面的无声之鼓，[②]这张以生活在大和国原野上的狐狸的皮作鼓面的普普通通的鼓却充满深情，发出思念孩子的悲切声音。如今，每当想起这则故事，当年的情感依然涌上心头。

伯母能把《百人一首》里的和歌倒背如流，躺进被窝里以后，她用最出色的悲凉声调背诵一两首，耐心而不懈地让我记住。

伯母背一句"离别去因幡"[③]，我跟着念一句"离别去因幡"。

"峰上有松树。"

---

①天降神鼓，出自谣曲《天鼓》。一个少年得到天上降下的鼓，帝欲得之，将少年溺死于吕水。少年死后，鼓就敲不出声音来。少年之父王伯入宫，击鼓发出美妙的声音。帝感动，祭鼓，少年的灵魂起舞感谢。

②无声之鼓，出自谣曲《绫鼓》。一个扫院子的老人暗恋女御，别人告诉他如果鼓声能传到宫中，就能见到女御。这个老人不知道鼓面是绫罗做的，一直不停地击鼓，最后投水自尽。

③这是《小仓百人一首》中的和歌，作者为中纳言行平，原句为"离别去因幡，峰上有松树。若闻君待我，即刻回归去"。

"峰上有松树。"

这样念着念着，不知不觉就睡着了。背得很熟练的时候，她就轻轻拍打我的后背，说："明天给你奖励，现在睡觉吧。"

伯母见我这么快就能熟记和歌，觉得很了不起，第二天就对母亲等人夸耀道："昨天晚上他一下子记住了两首。"

我对和歌的含义还一窍不通，但把其中认识的词语串起来，想象这一首的大致意思，再加上读音所产生的感觉，激发了我对和歌的浓厚兴趣。那时我有一副旧的歌牌，每张纸牌上都印有和歌以及与其相配的绘画，虽然有点起毛，绘图显得模糊，但还是能看出青松积雪、鹿立红叶等图像。我还有百人一首的书。我根据歌牌上的绘图以及吟歌人的姿态、表情来决定是否喜欢这首和歌。我喜欢的有吟咏末松山、淡路岛、大江山的和歌等。末松山的和歌听起来有一种难以言状的温柔凄凉的声调，纸牌上绘着海滨和青松，波涛荡漾，十分美丽。淡路岛的和歌催人泪下，海面上小舟渐行渐远，千鸟飞去。听大江山的和歌，令人不由得想起草双纸上描述的公主被魔鬼抓到深山老林里去的故事。[①]我特别讨厌僧正遍昭、前大僧正行尊这些满脸皱纹的和尚，但只有蝉丸，一看这名字，就觉得很可爱。

---

① 出自御伽草子《酒吞童子》。酒吞童子住在大江山，常变成魔鬼诱拐公主、小姐，后来被奉诏讨伐的源赖光击毙。

十九

下雪的夜晚，伯母一边拨旺脚炉的炭火，一边说雪和尚身穿白衣站在门外吓唬我。天气炎热的时节难以入眠，伯母给我扇扇子。但是，团扇上的绘画必须是我喜欢的，否则就睡不着觉。我躺在气味好闻的蚊帐里，听着外面蚊子嗡嗡的叫声，有时候调皮地把一根扇骨折断，伯母就说五郎助①飞到了旁边寺院的树丛里鸣叫。她还说：

"咕咕鸟是坏鸟，叫一声，就吐出一千只蚊子。明天蚊子可厉害了。"

当凉风初起时，蟋蟀开始鸣叫。有一次，我想让蟋蟀过得舒服一点，把它们放进萤火虫的笼子里。可是只听见两三声鸣叫后，就无声无息了。我悄悄走过去，一瞧，它们咬破罩着笼子的罗纱，全逃走了。听见蟋蟀的叫声，童

---

① 即猫头鹰。

心也不免蒙上秋天的悲凉。伯母对我说那叫声是"天快冷了，赶紧做冬衣"，而奶妈对妹妹说那叫声是"吃奶，吃奶，咬住不放使劲吃"。

早晨，我早早地醒过来，听见在少林寺的罗汉松上筑巢的乌鸦的叫声。伯母说"这还是最早起的乌鸦的第一遍叫声，你再接着睡吧"，不让我起床。等到乌鸦第二遍、第三遍叫过以后，才让我起来。她都是这样让我睡到足够的时间。

傍晚时分，许多麻雀飞到卧室外面茂密的珊瑚树上，寻找自己的鸟巢，它们歪着脑袋磨嘴，啄着树枝，争先恐后叽叽喳喳。等到太阳落山，随着余晖黯淡，慢慢消失，一只、两只……鸟儿们都安然睡去，连晚睡的鸟儿也安静下来。我把这些麻雀视为朋友，在乌鸦叫过第三遍，我还赖在被窝里的时候，听见这些鸟儿离巢的啾啾叫声，觉得它们是在嘲笑自己睡懒觉，便急急忙忙地起床。珊瑚树正如它的名字，结出鲜红的果实，拾起落在柔软青苔上的红果也令人开心。

二十

　　我家屋后是一块大约四十坪①的地，半是花坛，半是田地。初夏时节，围墙外传来叫卖菜苗的清亮的声音。伯母就会喊住他们，购买菜苗。稻草编织的箱子里铺垫着湿漉漉的细土，各种青苗露出两片绿油油的叶子。头戴草帽的小贩小心翼翼地把菜苗捧出来。伯母买了一些茄子苗、瓜苗，种到地里。茄子苗呈紫色，南瓜苗、丝瓜苗上像撒了一层薄薄的白粉，颤动着两片椭圆形的绿叶。我和伯母一早一晚用水壶给它们浇水。菜苗一天天长大，长出蔓来，长出叶子，最后爬满整个田园，垂挂着很大的果实。我们高兴地去地头查看。伯母喜欢照料这些蔬菜，一边嘴里唠叨着，一边拿起竹竿插在秧苗旁边，把蔓贴在竹竿上。过几天一看，蔓缠绕着竹竿一圈又一圈，在粗糙的叶子之间

①日本面积单位，1 坪约为 3.3 平方米。

绽开着黄色的花、紫色的花。身子溜圆的虻飞来，旁若无人地钻进花间。谎花扑簌簌掉落，真花的子房逐渐膨胀起来，有的扁平，有的细长，形成俗称"唐茄子"的南瓜的形状。茄子状似荷包，丝瓜苗条细长，黄瓜带刺的疙疙瘩瘩令人讨厌。把叶子拨开，意外地发现果实，那种惊喜难以形容。还有刀豆、扁豆，以及状如秃笔的葱花。

有一次，买来南瓜苗种下去，长出来以后越看越不对劲儿，最后结出了葫芦。我看着好些个垂挂的葫芦，兴高采烈。可是伯母说被卖菜苗的小贩骗了，心里不痛快，也不好好照料葫芦。这么一来，大家也都高兴不起来。从此以后，伯母就只到下面小镇的菜店去买菜苗。可是在她眼里，无论看什么苗都怀疑是葫芦，于是要菜店承诺如果结出葫芦，要来回收。

环绕着田地的杉树篱边上隆起的地方，种着祖母的栗子和我捡来的核桃，已经冒出嫩芽。另外，祖母喜欢种植凤仙花，花种随处播撒，现在也已经开花。凤仙花看起来虽然没有特色、普普通通，我还是很喜欢，一个劲儿摘下花朵，染红自己的指甲。把紫茉莉的果实捏破，挤出里面白色的粉末也很有意思。还有杏花、绯桃花。有一棵巴旦杏老树，青白色的花朵如云彩烂漫，这棵树是我们兄弟最大的乐趣。我们总担心乌鸦飞来，一有时间就到树下赶乌鸦。累累硕果结满枝头,垂到地面,够得着的地方就用手摘,够不着就用竹竿打,然后抱着装满果实的沉甸甸的笸箩回家去。花坛里盛开着卷丹花、白百合花。我看见鲜亮浓艳的颜色,经常感觉压抑,心口憋得慌。就花而言,粘在百合花雄蕊上的茶褐色花粉就给我这样的感觉。

二十一

　　离家很近的地方有一座祭祀阎王爷的寺院。[①] 在揭开地狱铁锅锅盖的这一天，[②] 沉闷忧郁的钟声响起，像是催人前往。于是，伯母给很不情愿的我穿上浅蓝色的帷裳，薄呢腰带高高地系在胸前，拉着我去参拜。盂兰盆节的时候，她也让我穿这件帷裳，所以浅蓝色总给我阴沉沉的感觉。进入狭窄的寺院内，到山门这一段路上，排列着卖一杯五厘钱的冰水、关东煮、寿司的小摊贩，气球嘎嘎的摩擦声、小贩的叫喝吆喝声在漫天飞扬的尘土中形成难以忍受的噪音。扎着围裙的店家小伙计到处奔跑，大声叫嚷，就像这寺院是他们自己的家似的。我对这种人尤其讨厌。

---

①这里指的是小石川町（现文京区小石川）的源觉寺里的蒟蒻阎魔，据说治疗眼疾很灵验。
②指阴历一月和七月的十六日，传说是阎王爷的祭日，佣人、仆人等可以请假。

登上两三级石阶，穿过贴有密密麻麻千社签①的红门，右边是很小的阎王堂，里面端坐的阎王爷如模型复刻一样，相貌鄙俗。在烧香的乌烟瘴气里，城镇里的孩子们吭吭吭吭没完没了地敲钟，听得我头皮都发麻。而伯母总是借来撞钟槌，非得让我也敲击两三下不可，还得让我看清楚阎王爷的长相后才离开。我刚松一口气，伯母又带我去正殿里的冥河老太婆②那里。这个圆眼睛凹陷的老太婆端坐上面，脸色发白，头上顶着几条红白棉布。我由于心情不愉快，加上天气炎热，会经常头痛。但迷信的伯母无论如何每年都带我去。

　　涅槃会③那一天，把绘有卧佛的画轴挂起来，前面摆一张小桌子，供奉线香和鲜花。这张有虫眼的画轴和佛龛上面黑黝黝的福神像是伯母仅剩的两件财产。她坐在小桌子前面，一边念佛，一边让我烧香，又给我讲述各种释迦牟尼的故事。听着这位可敬的迷信家充满感情的生动讲述，我竟然觉得聚在释迦牟尼身边的大象、狮子以及阿修罗、紧那罗、龙族、天人等都像活生生存在的，不禁开始流泪。伯母还告诉我，沙罗双树的树梢上祥云环绕，一个美女从

①参拜过千座神社的人贴在神殿里的纸签，上面写着姓名、籍贯、店名等。
②在冥河边上剥死者衣服的女鬼，也叫葬头河婆。由悬衣翁把她剥下来的衣服挂在衣领树上，根据树枝下垂的程度决定罪恶的轻重。
③在释迦牟尼圆寂的二月十五日，各个寺院会举办追思遗德的法会。

云端俯视下界，那是释迦牟尼的母亲，叫摩耶夫人。她说摩耶夫人从天上扔下来的药袋挂在沙罗双树的树枝上，可是谁也没有发现。伯母把释迦牟尼的涅槃说得像孩子和母亲生离死别一般，我觉得释迦牟尼很可怜，不由得哭起来。

二十二

　　每月三次①的大日如来佛的缘日，只要不下雨，伯母就一定要带我去。我拽着她的衣袖走，她的和服短外罩歪到一边，只好站在路上整理。但是在人来来往往的拥挤不堪的地段，有时候紧扣的手指都不得不松开，我只好紧紧跟随着她。我把伯母和服外罩的带子打个死结，她则把我的和服带子打个琴弦结②。她让我给大日如来扔香资，接着说一句"请蜡烛"。

　　这时，只听昏暗正殿里泛光闪亮的一处传来一声回答："好的。"接着，一个年轻的和尚点燃蜡烛，捧到主佛面前摆上去。伯母聚精会神地念佛，然后说道"好，这就可以了"，

①小石川水道町的大日如来祭祀逢八举办，即在每月的八日、十八日、二十八日举办，一共三次。
②绷紧琴弦时系弦的方法。

让我抓着她的衣袖，走出寺门。伯母很早就开始考虑逢八这一天向大日如来祈愿些什么，例如保佑这孩子病恹恹的身体早日康复啊，还有走路不要摔跤跌倒啊，等等。

大日如来生日这一天，不少乞丐也都过来，一字儿站在寺院的墙根下。我去的时候，他们人还不多，只有两三个来得早的跛足、瘫子正在墙根铺草席。我不知不觉地受到伯母的感化影响，对这样的人施舍后，心底深处会产生一种淡淡的充满慈悲感的满足。乞丐中有一个五官端正的盲女在弹琴。那时候，古琴还不像现在这样普遍。伯母和奶妈经常议论，这个女人以前肯定是给旗本或者什么贵人效劳过，可是结局如此悲惨。她一边弹琴一边歌唱，声音沙哑，几乎听不清楚。那琴爪在琴弦上潺潺叮咚的滑动，那云纹的琴身上凌乱的雁足琴柱，都让我觉得新鲜而美好。

二十三

　　如果稍微早点去的话，就会看见杂耍艺人像蜘蛛一样在搭棚子。旁边放着杂耍的道具和装有动物的箱子。我出于好奇，过去探看。一会儿，广告板竖起来了。上面画着让我害怕的图像，有的是大眼珠的人鱼在海里游泳，有的是大蛇伸出开叉的舌头吞食鸡的样子。因为经常有老鼠表演的节目，天蓝色的广告板上画着无数身穿和服的小家鼠，有的拿着有太阳标志的扇子，有的做出表演节目的动作。我特别喜欢这个节目，只要竖起这块广告牌，我都要进去观看。几只小白鼠又是拉板车，又是表演用滑车从井里汲水，最后从纸糊的仓库里叼出几个小米袋堆起来。纯白的和茶色斑纹的小白鼠在场上到处乱跑，让人觉得很可爱。表演这个节目的是一个三十上下的女人，梳着当时还极其少见的西式发髻，戴着帽子，一副西洋女人的扮相。在小白鼠把米袋叼出来的时候，她打着拍子，喊道"好啊好啊，搬出来了"。有的小白鼠慌里慌张的，米袋掉下来，滚到观众边上，有孩子把米袋捡起来扔回去。女人会微笑着低头亲切地道一声"谢谢"。米袋也时常滚到我面前，我也想捡起来扔回去，但不知为什么心里慌乱害怕，就是伸不出手去捡米袋。小白鼠的表演结束以后，女人从染成红蓝相间的笼子里拿出一只鹦鹉，让它模仿人说话。鹦鹉老老实实地站在她的手掌上，跟着她说话。鹦鹉不高兴的时候，就竖起冠毛，嘎嘎叫唤，一个字也不说。这个时候，女人束手无策，歪着脑袋，说道：

"太郎，你今天怎么这样子啊！"

我带着鹦鹉如画般的姿态、弯勾喙、机灵的眼睛等印象，依依不舍地离开棚子。

二十四

夜市的小摊贩中，酸浆铺是我喜欢的去处之一。商贩一边噗噗地转动带齿轮的竹筒，一边叫喊："酸——浆——啰！酸浆！"

竹席上铺着扁柏树叶，上面摆放着红色、青色、白色的各种各样的酸浆果，水珠静静地滴落。状如团扇的海酸浆、形似鬼灯的朝鲜酸浆、天狗酸浆、大刀酸浆，这些都是海里的酸浆。放海酸浆的皮袋里净是海腥味。还有丹波酸浆、千成酸浆。老大爷转动竹筒，嘴里喊着：

"酸——浆——啰！酸浆！"

别的酸浆果吹不响，总是让伯母给我买海酸浆，小心地握在手里带回家。丹波酸浆的形状像是穿着绯红色法衣的和尚，剥开来一看，有蚊子叮在上面，气得姐姐一把摔在榻榻米上。蚊子是个大坏蛋，在酸浆果还发青的时候就钻进去吸汁。这样的酸浆果，光滑的外皮上都有几个斑点，只要轻轻揉几下，皮就破了。

　　夏天，卖虫鸟的店铺吸引着我。做成扇子、船、水鸟等形状的虫笼上挂着鲜红的穗子，金琵琶、金钟儿清脆地唧唧鸣叫。蝈蝈儿的叫声像开门的声音那样吱吱响，纺织娘发出沙沙的叫声。我想要金琵琶和金钟儿，可伯母只给我买蝈蝈儿，有时候我就故意买来她很讨厌的纺织娘，使劲鸣叫，让她彻夜睡不着觉。她把这些虫子放进简陋的、四个角落有红色或青色竹棍的竹笼里。把切成片的瓜类放进去，夹在竹棍之间，虫子就翘着胡须爬过去。那一副莫名其妙的表情，还有与身体不相称的长长的后腿向后支撑的样子都很有意思。

　　伯母还给我买盆栽的花草。晚上睡觉时，她说要让花草接收露水，就搬到屋檐外面。年幼的我看着这些花草，是怀着一种什么样的感受呢？是一种以后不会再有的清纯洁净的喜悦。花草牵动我的心，第二天一大早起床，我还穿着睡衣，揉着眼睛一看，只见花瓣和绿叶上沾着点点滴滴的露珠，天鹅绒般的石竹花、状如发髻的三色堇、金盏花等，都娇艳鲜妍，赏心悦目。

　　购买草双纸时，店家把它卷成一个圆筒，中间用带子扎起来。我轻轻提在手里，一路上还时常窥看圆筒里面。

回到家，大家说打开看看里面是什么漂亮的绘画，我故意煞有介事地慢慢展开。所有人都瞪圆眼睛，异口同声地说"我想要，我想要"。框子外边，用红色墨水写着"新版百兽图"等标题。笑眯眯的长鼻子大象、噘着嘴的兔子，还有鹿、羊，都那么可爱。所有的动物都老实乖顺，只有熊和红彤彤的金太郎在摔跤，鼻子像竹笋一样翘起来的野猪被仁田四郎①制服。炫耀一番以后，我说"你们歇着吧"，自己走进卧室，一边听伯母夸张地讲述画里的故事，一边翻看。等睡觉的时候，便把草双纸放在枕边，然后沉沉地睡去。

---

① 镰仓时代初期的武将仁田忠常，仕于源赖朝，在富士的围猎中杀死曾我十郎。

二十五

　　我这个人从小就没出息，在人前不敢说话，见到自己想要的东西，也只是拉着伯母的衣袖，站立不动，一声不吭。这个时候，伯母心领神会，看着东西，问我是要这个吗？是要那个吗？如果伯母指的东西不是我想要的，我就使劲摇头，直到她指对为止。如果她一直没指对，我没有办法，只好自己轻轻伸出手指，但立即害羞地缩回来含在嘴里。我特别喜欢"三怵"玩具[①]，但因为伯母讨厌蛇，买回来没多久，就被她悄悄藏了起来。竹兔子会嘭嘭地跳跃，天暖以后，胶就软了，跳得也不起劲。我慢慢地抬起它的屁股，它一下子就翻倒了。还有，鸟笼里的鸟也很有意思，我往鸟笼的提柄上一吹气，鸟儿就一边啁啾婉转，一边转

[①]三怵指的是蛇怕蛞蝓、青蛙怕蛇、蛞蝓怕青蛙，此处指利用磁铁表现这三种动物相互关系的玩具。

来转去。摇摆着尾巴滑落下来的"鲷弓"①玩具也很好玩。

在寒风袭人的夜晚，小摊的煤油提灯发出冷清的响声，灯芯如同充血的眼珠。这个时节，最可怜的就是卖葡萄饼的老奶奶。我不知道葡萄饼是什么样的。那个年近七十、干瘪消瘦的老奶奶的小摊位上，点着一盏写有"葡萄饼"三个字的斑驳老旧的灯笼。小摊上摆着几个纸袋，可是我一直没看见有人来买。我觉得她太可怜了，便一个劲儿央求伯母去买。可是伯母说那个太脏，犹豫不定，最终还是没有给我买。几年以后，我能独自去庙会集市了，那个老奶奶依然在炒面摊的角落摆摊。我每次都在她的摊位前面来来去去几回，眼里总是噙着泪水，但到底还是没有买，最后只能怏怏地回去了。然而，有一个晚上我终于下了决心，来到卖葡萄饼的老奶奶的小摊旁边。老奶奶以为我是来买葡萄饼的顾客，说道"您好"，然后拿起纸袋。我不知道说什么好，不顾一切地掏出两钱铜板一扔，转身就逃到少林寺的树丛背后，都不敢回头看一眼。心脏扑通扑通直跳，脸颊发烫，面红耳赤。

我根本不想去看八幡神社的"马鹿囃子"②。因为那个鼻子塌陷的傻瓜的面具，眼睛一大一小，尖嘴猴腮，奇丑无比。

---

①弓弦上方装有一个鲷鱼形状的东西，从弓上滑下来时发出响声。
②神社的祭礼音乐，在彩车上用太鼓、笛、钲等演奏的乐曲。

还有那没完没了做着粗俗表情的小丑让我恶心。但是，家人出于克服我的忧郁性格这种无知的好意，总是想方设法要把我带出去，连伯母都和他们站在一起。在九岁、十岁的时候，我反复诉说去那种地方是多么痛苦，但家人顽固地认为这是我的借口，经常蛮横地推我出去。每到这个时候，我就来到附近的荒野，爬上长着大树的山崖，躺下来看山，消磨时间。

二十六

　　这一带的孩子和神田的捣蛋孩子比起来，真的是老实巴交，而且周边环境安静，对于我这样的人来说绝对是理想的世界。于是伯母煞费苦心地给我寻找觉得可靠的玩伴，后来找到住在我家对面的一个名叫阿国的女孩——我最近才知道，原来阿国的父亲是阿波的藩士，当时是著名的维新志士。伯母不知道用什么办法打听到阿国体弱多病，经常头痛，老实乖巧，所以认为她是我最合适的朋友。一天，伯母背着我到阿国他们玩耍的一处大门内的空地，一边说"好孩子，你们也和他一起玩吧"，一边把不情愿的我放下来。大家刚开始有点冷场，但立即又热闹地玩起来。这一天我新来乍到，只是拉着伯母的衣袖，看一会儿就回去了。第二天伯母又带我去。这样去了三四天，双方逐渐熟悉起来，他们高兴得哈哈大笑的时候，我也露出微笑。阿国他们总是玩荷花开花的游戏，伯母极其耐心地教我唱这首谣曲，练习排演。到我能够出色表演的时候，她又带我去对面的阿国家。我吓得直往后退，伯母硬是把我推到阿国身边。可是，这两个没出息的孩子都害羞，谁也没有伸手。于是伯母一边甜言蜜语地哄我们，一边把两个人的手拉过来，把我们的手掌叠放在一起，手指弯曲勾在一起，她的大手在上面使劲一握，我和阿国的手终于紧紧握在一起了。我从来没有和别人这样握过手，心里有点害怕，还担心伯母会不会就这样离开不要我了，便目不转睛地盯着她。由于突然进来这么一个不合群的新人，孩子们觉得扫兴，转圈游戏停了下来。伯母见状，就走进孩子的游戏圈子里，一边大声地拍手，脚踩拍子，一边唱道：

"啊，开了，开了！什么花——开——了……"

孩子们在伯母的带动下逐渐小声唱起来，我也在伯母的鼓励下，一边看着大家一边悄悄跟着唱。

"开了，开了！什么花——开——了？荷花开——了……"

小小的游戏圈子又开始转动，伯母立即兴高采烈地引导孩子们，于是歌声逐渐高起来，圈子的转动逐渐快了。我平时都没怎么走过路，感觉心脏剧烈跳动，简直头晕眼花。

一会儿，孩子们唱道"以为开——了花，哟嘿，原来是花——骨朵……"，接着一下子围在伯母身边，做出花瓣包拢成蓓蕾的样子。伯母说道"错了,错了",便离开圈子。

"花——骨朵, 花——骨朵, 什么花的花——骨朵? 荷花的花——骨朵……"

我双手和别人拉着, 一边随着拍子摇晃一边唱:

"以为是花——骨朵, 哟嘿, 原来开花——了……"

围拢的荷花蓓蕾一下子绽放了, 我的双手从两边被使劲拉开, 感觉手臂要掉下来一样。这样玩了五六次, 由于不习惯, 我累得筋疲力尽, 让伯母把我的手和别人的分开, 就回家去了。

二十七

　　阿国是我的第一个朋友。起先，伯母不在身边，我就不和他们玩。伯母也对所谓乡下孩子有点不放心，所以不离左右。但这儿和神田不一样，是适合我这样的孩子生活的宁静而安全的地方。伯母明白这一点后，啰啰唆唆地叮嘱我看见车子过来就躲到门里去啊、别在水沟边上走路啊，说完这些琐碎的话之后，就自己先回去了。

　　我和阿国单独相处的时候，她按照小孩交往的规矩问我这问我那，从父母亲的姓名到我的出生年月日，而且还问我生肖属什么。我回答说"属鸡"。

　　她一听，说道："我也属鸡。咱们做朋友吧。"

　　我们一边喔喔喔地叫着，一边用衣袖做出公鸡展翅的样子行走。同岁的人在一起自然而然地感觉亲切而高兴。阿国对我抱怨说，家里人说她又是瘦麻秆又是长脚蚊，心里很烦。我也对她说，家里人叫自己"章鱼小子"，委屈得很，打心眼里同情这个朋友的遭遇。我们俩谈天交心，发现想法都很一致，便成为无话不说的好朋友。阿国皮肤浅黑，鼻子又小又高，前发垂下，用红布条系着发梢。

我们有时倚靠在满是虫眼的门柱上，有时蹲下来头挨头地玩泥巴，一边玩一边聊着昨天掉了第几颗牙齿啦、哪只手指被刺扎了一下啦之类不着边际的话。如果说到意气相投之处，会哈哈哈大笑起来。阿国缺一个犬牙，张嘴一笑，看上去像个小洞。我以前一直在家里和伯母相处，自从和阿国成为朋友以后，不论是好的方面、坏的方面，一下子突然变得聪明起来。不过，我虽说和阿国同岁，还是大不如她，所以玩耍的时候什么都听她的。

一个名叫阿峰的孩子就住在附近，比我们大一岁。这个阿峰心眼儿不好，嫉妒心强，大家都讨厌他。可是每天都见面，又都是小孩子，有时难免一起玩耍。有一次，我和阿国又聊到生肖，喔喔喔地装作公鸡展翅的样子，这时阿峰说"我属猴"，咔吱咔吱挠了我们。

二十八

阿国的梳子涂着红漆，绘有菊花泥金画。她还有用绯红色和浅蓝色的绉绸制作的绣球头簪。阿国买到什么新东西，总对我炫耀，可当我要仔细观看时，她又把东西藏在袖子里，让我着急。我每次看到她的新东西，就懊悔自己怎么不是个女孩，还不明白为什么男的不能像女的那样把自己打扮得漂漂亮亮的。

和阿国玩捉迷藏游戏的时候，她总是先吓唬我一通，说昨天屋后的树丛里出现一个三只眼的小和尚，还说赤链蛇盘成一团什么的，然后叫我在李树后面闭上眼睛，她躲起来。我围着屋子转了一圈，然后到屋后寻找。拐弯去院子的地方，竹栅栏里养着两只鹅。我有点怕，打算轻轻走过去，可是那两只鹅伸出戴着财神爷帽子般的脑袋嘎嘎地追过来。我好不容易从有鹅的竹栅栏前走过去，来到茶园时，旁边的奶牛从牛栏里伸出脑袋哞哞叫唤着。我心里害怕，在茶园里只是马马虎虎扫了几眼，就去院子里寻找。院子里很多大树，根本找不到。我环视四周，一个人也没有，往回走的话，奶牛和大鹅在等着自己。我心里发慌，试着叫一声：

"藏好了吗？"

四周寂静无声，只有自己的回声。阿国会不会欺骗我，跑到别的地方去了呢？这么一想，更加紧张恐惧，要是伯母早点来接我该多好。我又叫了一声：

"藏好——了吗？"

我甚至感觉声音带着哭腔。这时，听见从竹丛那边传来一个很小的声音：

"藏好了。"

她在那儿！我走到竹丛的入口处，只见隔着竹篱，对面矗立着寺院黑乎乎的银杏树，竹丛中还杂乱茂密地生长着山茶树、皂角树，十分昏暗。三只眼的小和尚真的出现过吗？我心里发虚，踟蹰不前。这时听见竹丛深处传来嘻嘻的笑声。我终于鼓起勇气走过去，但到处都是竹茬和竹根，而且遍地是荨麻。平时哪怕是一块石子，伯母都不厌其烦地给我摆弄好，我现在就像过针山一样，连下脚的地方都没有。更可怕的是，我竟然觉得赤链蛇就盘绕在前面，心惊胆战。我硬着头皮一步一步挨过去，走到感觉快要看见阿国的地方时，她突然翻着白眼从黑暗中冒出来，叫道：

"妖怪来了！"

尽管我知道是阿国，但还是吓得毛骨悚然。

"吓死我了！吓死我了！"我叫喊着拔腿逃跑，她乐呵呵地一路追着我。接下来角色互换，我藏她找。但由于我在树丛里藏得不严实，加上她对院子的地形十分熟悉，很快就被她找到了。有一次，不知何故，总不见她来寻找，原来她上屋里吃点心去了，我左等右等不见她来，便说道"天亮了"，自己走了出来。

"嘿，逮着你了。"阿国嘴里咕哝咕哝地吃着走出来，"也给你一个。"说着，给了我一小块金华糖。

二十九

　　我们都非常喜欢水贴画。闻着那油味，别提心情多舒
畅了。我们说好，谁贴得快谁赢，贴完后还用唾液抹上去
粘牢，一边说"快粘住！快粘住！"，一边用手指按摩贴
画。我们把贴满各种颜色的鸟兽等水贴画的手背放在一起，
调皮地将皮肤拉起来放下去，觉得很有意思。过了一会儿，
大概因为水贴画干了，皮肤有点发痒，于是轻轻地挠着。
有时候，两只胳膊都贴满同样的贴画，我们说要保存下来，
小心翼翼地不蹭着衣服，可是第二天早上一看，水贴画破
碎不堪，根本分辨不出原先的图样。吃过早饭，我提心吊
胆地到阿国那儿去，说"成了这个样子，对不起"，故意
板着面孔炫耀似的卷起袖子给她看。

　　她睁大眼睛看着破碎得一塌糊涂的水贴画，笑起来，
说道：

"我的也成了这个样子。"

在落樱时节，我们用棉线串花瓣，看谁串得多。

有一天，我们在阿国家的玄关前，把红米饭盛在碗里，把酢浆草当作黄瓜，玩过家家的游戏。

这时，阿峰走过来，问："能一起玩吗？"

阿国对我耳语道："我讨厌他，咱们整他一下。"便悄悄从墙根摘来很多猪殃殃①。

她高声说道："给你一把猪——殃殃！"然后把猪殃殃扔过去。

对方也不甘示弱，把猪殃殃扔回来。阿国手里捧着满满的猪殃殃，分了一半给我。我也抱着发泄平时对他的怨恨的心情扔过去。

"给你一把猪——殃殃！"

"给你一把猪——殃殃！"

"给你一把猪——殃殃！"

阿峰受到突然袭击，加上寡不敌众，转身逃跑。我和阿国一边追一边扔，他的后背很快就粘满了猪殃殃。阿峰满脸怒气地狠狠盯着我们，然后身上挂着猪殃殃狼狈地往回走。我看着他的背影，担心他什么时候回来报复。他突然一转身，恶狠狠地扬起下巴，然后跑走了。

---

①茜草科杂草，茎呈四棱形，茎和叶均有倒刺，会粘在衣服上。

蚕豆叶放在嘴里一吸气，就像雨蛙的肚子一样鼓起来，我觉得很有意思，但每次去地里摘蚕豆叶都会挨骂。把山茶花的花瓣放在舌头上一吸气，会发出筚篥般的声音。

每到春天，玄关前面那株貌似儒者的李树花开如云，青白色的花朵在耀眼的阳光映照下，飘溢着沁人肺腑的芳香。附近的小朋友都来到这棵树底下玩耍。一听见他们的声音，伯母就把我带出去，对孩子们悄悄说"带着他玩"，然后自己回去。这些孩子都比我大三四岁，很喜欢疼爱孩子的伯母，叫我和伯母"某某和他阿姨"，自然而然地护着我，和我一起玩耍，给予我很多照顾。有意思的是，他们年龄虽然比我大得多，但不论玩什么都输给我。捉迷藏时，谁也找不到我；玩陀螺也奇怪得很，谁也抽不准。不知道怎么回事，我稀里糊涂地就赢了。回到家里，扬扬得意地叙述一番，家里人异口同声称赞我"了不起，了不起"。我笨头笨脑，还没有意识到人家根本就是把我看作小屁孩，故意让我赢的。

三十

　　附近还住着一位边务农边经营麦芽糖生意的老头儿。只要天气好，他一定会吹着唢呐拉着板车过来。那唢呐的声音仿佛搅乱了这世间所有的平静和谐，让孩子们格外激动，在家里的奔跑而出，在玩耍的停下来飞奔过去。把棍棒当大刀插在腰间的淘气包、把满是泥巴的陀螺揣进怀里的淘气鬼，都不约而同地围着板车大声喧闹。除了麦芽糖外，还有抽奖和粗点心。孩子们争先恐后地揭开红纸、蓝纸抽奖。老头儿从木桶里扑哧扑哧搜出凝在底部的琥珀色麦芽糖，在木筷子顶端做一个铮亮的和尚脑袋。把这个糖球放进嘴里，脸颊塞得满满的，慢慢转动，浓郁的甜味融化在唾液里，糖球逐渐变小。

　　卖"善善糖"的也来了。镶有很多铜箍的圆盆四周插着一圈小太阳旗，旗杆的顶端是状如鸳鸯的红白色糖果。

卖糖人身穿绘有鲤鱼跳龙门图案的浴衣，咚咚咚一边敲鼓一边缓缓摇摆肩膀和腰部，合着节拍走来。他身后跟着一个用毛巾折角包头的女人，嘎嘎嘎地拉着三味线。如果买很多糖，卖糖人会戴上丑女面具跳舞。这时孩子们都排成一排围观。卖糖人合着三味线的曲调，随心所欲地扭动脖子，挥舞衣袖，踩着扭曲蹒跚的步子追着孩子们，孩子们哇哇叫喊着到处逃窜。舞蹈结束以后，卖糖人说"嘿，打扰各位啦"，把盆子顶到脑袋上，又滑稽地故意让盆子掉下来，然后装出哭相回去了。

阿国的父亲身材魁梧，令人害怕。由于工作的关系，经常不在家，偶尔在家里的时候，也是一整天都待在楼上写东西，稍微有点吵闹就会大声训斥。所以，只要他在家，我就不去阿国家玩，阿国在家里也是老老实实的。有时候不知道她父亲在家，我跑去找她，"阿国，出来玩吧"。阿国听见我的声音，将玄关的纸拉门打开一条细缝，大拇指伸向鼻尖，小心翼翼地对我摆手。

女儿节的时候，阿国叫我过去。阳光明媚的客厅正面搭起高高的台架，上面摆放着漂亮的偶人。我家里的小台架还算看得上眼，但阿国家的台架有的一排摆放五个偶人。我看偶人的模样都活灵活现，跟真的一样，不由得浑身紧张恐悚，接连好几次对偶人鞠躬行礼，引得大家哄堂大笑。

出乎意料的是，本以为不在家的阿国父亲突然走出来。我不知如何是好，看着偶人和他的相貌，惊恐畏惧，简直就要哭出来。阿国父亲见我胆怯的样子，一反常态地笑起来，用纸包了一块豆糕递给我，问我几岁了、叫什么名字等，接着问道：

"这里的人，你最怕哪个？"

我老老实实地指了指他，大家又哄堂大笑起来。阿国父亲也笑着说：

"只要你们不吵，我就不说你们。"

他说完就上楼去了。我好不容易松了一口气。

三十一

　　小时候那些安静游玩的日子令人怀念。其中傍晚时分的玩耍也很有乐趣。尤其是初夏的日子，深红的夕阳映照着云彩，烧出漫天美丽的晚霞，我们望着金色的余晖，知道就要回家去了，生出念念不舍的感觉，使得我们更加投入到游戏里。玩腻了捉迷藏、摸瞎子、鬼捉人①、跳格子这些游戏，阿国一边把前发拢上去，让风吹着汗津津的额头，一边问道：

　　"现在我们玩什么啊？"

　　我也一边用衣袖擦脸一边说道：

　　"玩猜猜他——是谁吧，猜猜他是谁……"②

---

①儿童游戏，设置有鬼在某个时间段不能捉人的安全地带的环节。
②猜猜他是谁，儿童游戏。数人围成一圈，一人蒙眼蹲在中间。大家一边唱"谁啊谁，谁啊谁，笼中鸟儿几时飞……"，一边转圈，当唱到"你的背后什么人"时停下来，让中间的孩子猜他身后的人是谁。

"谁啊谁，谁啊谁，笼中鸟儿几时飞……"

雨后，杉树篱墙枝叶低垂，嫩芽上的雨珠晶莹闪亮，轻轻摇晃一下，雨珠便哗啦哗啦洒落下来，实在有趣。过一会儿，嫩叶上又沾满了水珠。

游戏场的角落有一棵很大的合欢树，淡红色的花朵蓬蓬勃勃，可是奇怪得很，一到傍晚树叶睡觉的时候，就有蛾子飞来，扇动着褐色的厚翅膀，发疯一样从这朵花飞到那朵花，让我心情很不舒畅。听说如果摩擦合欢树的树干，树会发痒，于是我和阿国使劲摩擦树干，手掌几乎脱掉一层皮。

晚霞的色彩逐渐暗淡，等候已久的月亮羞答答地露出脸来。我和阿国仰望着柔和的月亮，一起唱起《月亮几岁了》。

"月亮月亮几岁了? 十三夜里七时辰，① 你还年轻呢。"

阿国用手指圈在眼睛上做成眼镜的样子，说:

"这样能看见兔子捣年糕。"

我也学她的样子。有一只兔子在那个圆圆的朦胧的世界里捣年糕，这让充满好奇心的天真的孩子们多么兴奋啊! 随着月光逐渐明亮，我们互相追逐对方移动的身影，

---

①十三夜，指每月阴历十三的夜晚。七时辰，日本古代时刻名称，意为初升的月亮，所以才说还年轻。

玩踩影子游戏。

"吃晚饭了，快回家。"

当伯母来叫我的时候，我双脚使劲踩着地面，不想回去。最后伯母故意装作趔趄踉跄的样子，说着"不行了，不行了"。千哄万哄之下，我才被拉回去。

伯母说："明天你们再来玩。"

然后，我们说着再见回家。在回去的路上，阿国说道："因为青蛙叫了。青——蛙——"

我也觉得恋恋不舍，跟着她叫喊。一路上我们就这样你一句我一句地叫喊着，各自回家了。

三十二

　　在这样无忧无虑的快乐日子里，发生了对我们来说同样重要的大事。两个人都已经八岁，必须上学去了。以前伯母曾背着我给上学的姐姐送盒饭，所以我对学校有印象，感觉是一些坏孩子扎堆闹事的地方，我怎么能去呢？每天晚上搬出玩具箱在客厅玩耍的时候，父母亲就会不厌其烦地劝说，但是我始终倔强固执地摇头。母亲说不上学将来没出息。我说没出息就没出息呗。父亲说不上学的孩子不许在家里待着。我说那我带着玩具箱和伯母一起出去。我动用小孩子的全部智慧进行抗辩，还说这是病人的请求，大人们起先只是一笑而过，置之不理，但随着开学日子的临近，越逼越厉害。我觉得十分委屈，每天晚上都是泪水满面地被伯母带去卧室睡觉。不久，不管三七二十一，家里给我买了书包、厚纸铅笔盒、大管毛笔等，一应俱全。姐姐们说给我买的净是好东西，十分羡慕，可是我看都不想看一眼。只要有土狗和丑红牛，其他的我什么都不要。外面有阿国和我一起玩，家里有伯母和我玩树果果，这就行了。既然我这么讨厌上学，干嘛非逼着我去不可呢？

有一天，我实在想不通，就去找阿国倾诉一番。她听完后说："我每天也挨骂。"

我这位朋友也不愿意上学，好像同样在吃苦头。于是，我们坐在李树的树根上，倾诉各自所受的屈辱，互相安慰。分别的时候，阿国说道：

"反正我无论如何都不去，你也别去啊。"

我向她保证坚决不去，然后才回家。

三十三

到了开学这一天，我从早上开始就反复说一句话：

"阿国不去我也不去。"

这一天的白天总算熬过来了。晚上，父母亲把我从藏身的卧室强行拽到客厅诘问，又是威胁又是恐吓，百般规劝，但我决心已定，绝不服从。这时，哥哥突然抓住我的衣领，做出不可思议的举动，把我狠狠摔在榻榻米上，接着连连扇我的嘴巴。

伯母见状，说道："这孩子体弱，怎么能这样？怎么能这样！"

接着又说道："我来劝他。"

她护着我回到卧室。哥哥在高中学过柔道。第二天，我的脸颊肿起来，也不吃饭，憋在房间里。伯母怕我饿坏了，偷偷地把佛龛前面的供品拿来给我吃。而且这一天我开始发高烧，平时本来就神经过敏，这下子整个晚上都睡不好觉。伯母不停地念经保佑我，同时彻夜未眠地照顾我。这样躺了四五天，自然没人提起上学这件事，我的头也不痛了，烧也退了。但晚上又开始逼迫，我依然心坚如铁，回答说："阿国不去我就不去。"不过，这次我没有受皮肉之苦，大人们只是问我：

"要是阿国去，你也一定去吧？"

我坚定地说："一定去。"

第二天，伯母背着脸上瘀青的我，在学校即将放学的时候来到校门口。从家里到学校不过一町半的路程，随着叮当叮当的铃声，学生们络绎不绝地离校回家。令我感到惊讶的是，阿国居然也抱着同样的书包精神饱满地走出来，伯母说"了不起，了不起"，阿国一听，得意扬扬地谈起学校里的事情。我趴在伯母的背上，心想阿国太不像话了。当天晚上，我不得不答应上学去。

第二天早上，我穿着和服短外罩和父亲一起到学校去。我们被领进教研室里，只见镶着玻璃门的壁柜里摆放着地球仪，鸟儿和鱼的标本，墙上还有珍禽怪兽的挂图，很多东西都让我感兴趣——这些东西的名字都是后来才学会的。父亲向老师仔细介绍说，这孩子头脑笨拙，身体虚弱，胆小怯懦。我听了羞愧得无地自容。

老师听完以后，盯着我的脸点点头，语气柔和地问我"你几岁了"，"叫什么名字啊"，"你爸爸叫什么名字"，"你家在哪里呢"等问题。这些以前家里就教过我，而且老师的和蔼态度让我一点也不紧张，我流利地说出正确答案。老师听父亲介绍这孩子头脑笨拙，大概以为是痴呆儿，所以问了我很多问题。问完以后，老师说：

"可以，没问题。"同意我入学。

这天回去以后，姐姐们告诉我在学校里应有的礼貌举止、鞠躬行礼的规矩、书包带扣的使用方法等。第二天，我戴着镶有樱花校徽的帽子，斜挎着从没有背过的书包，怀着七上八下的心情被伯母牵到学校。自己这种怯生生的样子让别人看见觉得害羞，同时也对陌生的学校生活感到慌张，所以又担心又难受，只是一味低着脑袋，看着脚尖，慢慢跟在后面。姐姐们把我带到教室里，让我坐在第一排。这是普通班一年级乙班，虽然都是一年级，但下半年出生的孩子和脑子笨的孩子会编在这一班。

三十四

　　先入学的孩子已经熟悉学校的生活，而且没有一个像我这么窝窝囊囊的，大家都随心所欲地吵吵嚷嚷。在这乱纷纷中，响起了熟悉的叮当叮当的上课铃声。我离得近，这铃声震动着耳膜，非常讨厌。姐姐们说待会儿下课再过来，伯母说她在门外等我上完课，然后都走出去，剩下我一个人留在教室里。我提心吊胆地环顾这些同学，觉得一个个都像是犯浑的坏孩子，他们也不怀好意地盯着我。我怕得要命，眼睛盯着书桌上的节孔。这时，老师走进来，他名叫古泽，是我们的班主任。这个老师满脸麻子，大概因为这个缘故，觉得长相有点可怕，其实十分和蔼可亲，全校学生都"古泽老师""古泽老师"地叫他，很受大家的欢迎。课本和平时伯母教我的草双纸中的叮当、汪汪、喵喵以及绘本中的狗、桥、书、桌子不同，但也不难。我也不好好看书，倒是饶有兴趣地看着老师半白的头发在风中飘动。下课了，调皮捣蛋的孩子们从周围的教室蜂拥而出，跑到操场，在一大片藤萝架下玩跳背、捉迷藏、骑马打仗等游戏。我以前只是和阿国两个人玩游戏，没见过世面，这样的场面看得我眼花缭乱，左盼右顾地站在那里。这时，几个女孩子走过来，说"这就是你说的那个弟弟吧"。她们是姐姐的朋友，一下子把我围在中间，叽叽喳喳地热情发问。"你几岁啦？""你叫什么名字啊？"各种各样的问题从四面八方接连不断地抛过来。可怜的胆小鬼如同被一群雌豹围攻的驴子一样，战战兢兢，头都不敢抬起来，只是一个劲儿地摇头点头。更不幸的是，这时突然过来一个老师，二话不说抓住我的腰带，"嘿"的一声吆喝，把我举起来。我的眼睛从一早就含着泪水，这下子猛然涌流出来，两脚在空中摇晃，哇地大哭起来。那老师吓坏了，一边说"这可不得了，是我不好"，一边赶忙把我放下来，掏出手绢给我擦眼泪。后来问姐姐，姐姐说那是她的班主任，本意是想和我亲热一下，还说以后遇到这样的事不能再哭鼻子了。我知道了事情的原委，决心以后不哭，但是老师大概吸取了教训，后来再也没有把我举起来。

习字课的热闹劲儿也很有意思，有的同学打翻了墨水瓶哭起来，有的同学在习字本上只写"丸子"两个字，挨了老师的批评。只有古泽老师不辞辛劳，仿佛不知道世间还有如此麻烦的琐事，一丝不苟，一边轻拍孩子的腰部，一边手把手地指导。老师沾满粉笔末的大手握着我持笔的小手，我的身子紧张畏缩，笔尖发抖，老师不得不帮我重写了好几遍。由于这种强烈的刺激和不适应的功课，我感觉头痛胸闷。回家以后，伯母用凉水给我冲洗脑袋，说着"了不起，了不起"，然后从木枕的抽屉里拿出肉桂糖给我。姐姐用有孔的玻璃珠串成一个护身袋送给我，说是给我的奖赏。我的头痛一下子就好了。全家人都表扬我"了不起、了不起"。有一天放学以后，我到阿国家里去玩，她家里的人也都夸我"了不起、了不起"，弄得我真以为自己了不起，飘飘然起来。

三十五

几天以后，伯母只需要送我到校门口，学校内我可以自己应付得来。伯母把我爱吃的点心装在蚌壳里，外面用红纸封起来，我放学回家，一扔书包，她就从佛坛的抽屉里取出来给我。我从外表猜测里面是什么点心，这也是一种乐趣。不久，我转入甲班。大家围着我这个从乙班升上来的新同学交头接耳地评头论足。一个同学看见哥哥在我的书包上写的德文，说道：

"哎呀，还写着英文呢。"

他走过来，其他同学也都咿呀咿呀地叫着探出头来，问"写的是什么"，我按照家人教我的回答说"是我的名字"，大家都很羡慕地看着我。

这时，一个家伙说道：

"浑球！明明是日本人，偏要写什么洋人的名字！"

另一个家伙看见我的护身袋和铃铛，用脏兮兮的手玩弄着。我十分反感，可没有办法，都是蛮横的家伙，只好忍着。护身袋是用浅蓝色和白色的玻璃珠编织成方格花纹，拴着铃铛的细带一端系着玻璃葫芦。这家伙问我"干吗挂着铃铛"，我说"要是迷路了，伯母听见铃铛的声音，就能找到我"。他们一听，立即露出鄙夷的表情，互相对视。你也摸我也弄，不结实的棉线突然断了，玻璃珠哗啦啦掉下来。我抽抽搭搭地哭起来。他们感觉自己闯了祸，争先恐后地往后退，说着"不是俺们干的，是三年以后的乌鸦干的"①，站在远处担心地看着我。我不知如何是好，可没有一个人过来帮忙。我欲哭无泪，看着散落一地的珠子，哭丧着脸。就在这时，姐姐进来了。我的伤心委屈一下子迸发出来，开始号啕大哭。他们害怕姐姐叱骂，一边集体用脚踩着拍子，一边齐声嘲笑道"哭鼻虫，毛毛虫，一起扔进乱草丛"，然后一溜烟跑得无影无踪。

　　姐姐说"我再给你编一个"，我闹起别扭，说"我要回家去"。姐姐安慰我，又是擦眼泪，又是擤鼻涕。这时铃声响了，姐姐说"下课后我再来"，就出去了。这些在

---

① 《续日本歌谣集》（卷5）收有《东国流行儿歌》，其中说到儿童之间丢失东西时，孩子们就说"不是俺们干的，是三年以后的乌鸦的罪过"，以此作为逃避责任的遁词。

教室外面偷偷观察事情发展的坏蛋看见姐姐走了，又嚷嚷着一拥而入，七嘴八舌说道"刚才还哭鼻子的乌鸦，现在笑啦"，然后围着我跳来蹦去。

甲班的班主任是沟口老师，长着胡子。他和古泽老师一样，仿佛天生就是照顾孩子的，非常亲切和气，尤其对我这样老实的孩子更是关照有加。

和我并排而坐的是岩桥，父亲是卖瓦的。他爱欺负人，用铅笔在课桌中间画一条线，只要我的胳膊稍微越线，侵犯他的领地，他就一手砍在我胳膊上，或者把鼻屎抹在我身上。这家伙上课的时候跟我说话，我虽然不乐意，但不得已只能敷衍一两句。老师发现以后，把我们两人的姓写在黑板上，并在姓的上方画一个很大的黑圆。岩桥一看，趴在石板①上哭起来。我莫名其妙，不知道怎么回事，瞪着眼睛看着老师。下课的时候，姐姐过来笑着说道，你上课说话了吧。我心想大概有人向她通风报信了，虽然觉得自己做了什么坏事，可还是嘴硬："我没说话。"姐姐说："你还瞒着呢，瞧这黑板上的黑圆。"我这才知道原来做坏事的时候，老师才会给自己画黑圆，一下子伤心起来。

---

①外镶木框的粘板岩的薄板，可用石笔在上面写字绘画。

三十六

　　岩桥很喜欢用红铅笔在课本上乱涂乱画。警察从失火现场牵着丢失的孩子走出来那张图，哭哭啼啼的孩子头顶被画上乱七八糟的光线，警察的眼睛画得大大的，眼珠子好像要掉下来。他还在石板上画一只眼或者三只眼的和尚，说着"瞧瞧，你瞧瞧"给我看。但是我因为受到上一次老师画黑圆的批评，没有理他，他就在课桌底下用拳头打我。我斜着眼睛怒视他。上完课以后，老师不在，他就紧握拳头，往上面"哈——哈——"地吹气要揍我。我赶紧到走廊上，找一个他发现不了的地方悄悄躲着。这时，一个同年级的同学走过来，脸上红通通、脏兮兮的，说：

　　"给你好东西。"

　　他手里握着什么东西，让我伸出手来。我心想会不会骗我，但由于害怕他，还是把手伸出来。他把两三个红色的果实放在我的手掌上。我虽然不想要这东西，但觉得他对我很亲切，心里高兴，微笑着说道：

"谢谢。"

五六年以后，我才知道这是学校后面南五味子树的红果。他的脸膛很红，被人取了个外号叫"猿面冠者"[1]，又因为名叫"长平"，大家就叫他"长皮"，父亲在传法院[2] 前面开鱼店。此后，这个长皮就成为我唯一的好朋友，可我还是尽量不主动和他说话，不知道他是怎么想的，时常和我套近乎。有一天，长皮说：

"咱们待会儿上课的时候一起出去撒尿吧？"

我说："老师会骂的。"

他脸色一沉，说：

"你不干是吗？好，就等着当由兵卫[3]的儿子吧。"

我慌忙回答："我去，我去。"他立刻心情好起来。

"看我的，照我的做就行了。"

上课后不久，他举手说："老师，我要去小便。"

老师说："真的必须去吗？要是撒谎，我可是知道的。"

他无所畏惧，说："真的要去。"

---

[1]意为长相像猴子的年轻人，也是丰臣秀吉的绰号。
[2]位于东京金龙山浅草寺正殿西南面的僧房。
[3]在日语中借指诈骗犯。

老师也担心他要是憋不住，那就不好了，说道：

"那你去吧。完了立即回来，不许跑去玩，不然给你黑圆。"

这样一来，又有五六个人举起手来，"老师、老师"一片乱嚷，也要上厕所。长皮咕咚咕咚往外走的时候，瞟了我一眼。我一下子明白过来，战战兢兢地跟着举起手。

"老师……我要去小便。"

老师不知道这是长皮教唆我的，马上就同意我出去。

厕所离教室比较远，长皮在旁边的八幡神社的竹丛下面等着我，说：

"咱们摔跤吧。"

我一看，其他人都翻过走廊的栏杆，有的在山坡上挖甘根①，有的搓着泥团互相扔掷，都是借口上厕所出来玩耍的。长皮催促我说：

"摔跤，摔跤！"

我以前只和伯母玩过四王天清正的摔跤游戏，心里发虚，十分为难，可又躲不过，只好说道：

"太危险了，做做样子就行了。"

我不敢逞强，但不得不硬着头皮勉强应付。长皮很有力气，气势威猛地喊着"来呀！来呀！"，滴溜溜地把我

①即甘草。

转了好几圈。可怜的"清正"立即踩住自己裙裤的裤脚，一屁股跌坐在地上。长皮趾高气扬地说道：

"真没用，下次再比试。"

长皮得意地先走了。我也整理好扭歪的衣服，跟在他后面。刚走进教室，只听见长皮若无其事地向老师报告：

"老师，我回来了。"

接着猛然低下头。我也默不作声地低下头。其他同学也纷纷回来，挖甘根的那几个人嘴里还使劲嚼着，被老师罚站，而且甘根还从口袋里露出来，被老师看到了，结果挨了一顿严厉的呵斥。我心想，以后上课再也不上厕所了。

三十七

　　最受大家欢迎的是修身课。老师支起漂亮的挂图，讲述有趣的故事。有的图画着中弹的母熊为了保护正在找螃蟹的小熊不被砸到，抱着大石块死去，有的画着将军双手托着腮看蜘蛛结网。学生们被美丽的绘画所吸引，出神地听老师讲述，还央求老师"再讲一个，再讲一个"。老师说："只要你们讲礼貌，我讲多少个故事都行。"

　　然后把挂图一张一张翻开来讲解，这样每次大概讲完一册挂图的故事。可是奇怪得很，画着一个外国女人抱着孩子倒在雪地里的第一张绘画，老师总是跳过去不讲。学生们看着这绘画，也不要求老师讲。我很喜欢这幅画，总是期待着讲解，可是一直到最后也没有讲。下课铃一响，孩子们都围着老师的椅子，有的跪上去，有的抓着老师的肩膀，要他"再说一遍，再说一遍"，重复同样的故事。我没有他们那么大胆，只是离得稍远一点看着绘画。老师看着我，说道：

"我也给某某讲一个吧。你觉得讲哪个好？"

我脸红耳赤地站在那里。老师说：

"你说说看，说说看。"

我鼓起最大的勇气，指着那幅画，嗫嚅着说"这个"。同学们都七嘴八舌地抱怨道：

"没意思，这个没意思。"

老师也说："这个的确没有意思。你真的想听吗？"

我默默地点了点头。这时，老师意识到我还没有听过这个故事，就说服嚷嚷着没意思的学生们，给我这个新生讲起来。这则故事是说在雪地里迷路的母亲把衣服脱下来给孩子穿上，最后自己冻死了。画面也不是孩子们喜欢的彩色，故事的情节就这么简单，所以他们都觉得没劲儿，老师也不讲，但我听了觉得十分有趣。我就像听伯母讲常盘御前①的故事那样对这个女人深感同情。老师讲完以后，问道：

"没意思吧？"

我坦率地摇摇头，老师露出意外的表情，而同学们都轻蔑地嘻嘻窃笑。

---

① 近卫天皇的皇后九条院的侍女，后成为源义朝的姜氏，生三子。平治之乱时，源义朝被杀，她带着三个孩子在雪地里逃亡。

三十八

　　从此，我经常不愿意和人们在一起，就想自己一个人
待着，于是乎桌子底下、壁橱里面，不管什么地方，能躲
就躲起来。在躲起来思考的过程中，不知不觉地感受到难
以言喻的宁静和满足。这些躲藏的地方中，我最喜欢的是
多屉柜的侧面。这是库房旁边一间最阴暗的房间，只有朝
北的窗户可以采光，在窗户与多屉柜之间有一个刚好可以
单腿支起坐下的空间。我弯腰看着窗玻璃上放射状的裂痕、
紧边上的榀子树、缠绕在朽木上的南五味子、南五味子树
的红蔓藤、在蔓藤头上吸汁的蚜虫。就这样独自待上一天
半天，不知不觉养成一边嘴里叽叽咕咕唠叨，一边用铅笔
在壁橱上写平假名"を"的习惯，最后形成大大小小无数"を"
字的行列。不久，父亲发现我总是一个人藏在那个犄角旮旯里，
觉得奇怪，到那儿一看，发现我所写的一片字母。但父亲以

为我是闲得无聊涂鸦，只是对我说"要是练习写字，一定要写在小本子上"，并没有斥责我。但是，这绝不只是单纯的涂鸦。平假名"を"的字形像是坐着的女子的形态。在我小小的心中、弱弱的身体内，一有什么事情的时候就向这些"を"寻求慰藉，它们能理解我的想法，给予我亲切的安慰。

　　搬到这边来以后，我隔三岔五地夜里老是做噩梦，深更半夜满屋子跑。其中一个噩梦是梦见空中有一个直径约为一尺的黑色旋涡，像挂钟的发条一样颤动。我毛骨悚然，拼命忍着，一会儿看见飞来一只鹤妖，把旋涡叼在嘴里。还有一个噩梦是梦见一种什么东西像五脏六腑般在黑暗中互相挤压蠕动，一会儿变成一张女人的脸，像痴呆一样张着嘴巴，使劲瞪着眼睛，拉着长长的脸。接着嘴巴闭上，向两边扩张，眼睛鼻子都皱皱巴巴地收缩起来，变成一张无比丑陋的扁脸，并且不停地伸缩，吓得我直哭。之所以总做噩梦，原因大概是伯母晚上老给我讲那些可怕的故事。觉得换一间卧室可能会好一些，于是我和父亲睡在一起。可是，父亲每天晚上给我讲宫本武藏、义经弁庆等武士战斗的故事也不见效，妖魔鬼怪根本不把父亲放在眼里，每天夜里照样来打扰我。以前的卧室里，壁龛的顶棚上藏着妖怪。现在父亲的卧室里，柱子上的八角挂钟变成一只眼，四扇纸拉门仿佛张开大嘴。

三十九

　　在医生的建议下，父亲为了让病恹恹的我和母亲恢复健康，带着我们去海边旅行。这一路的风景都是以前在歌牌和粉本①等上面看过的，是童心向往之处，现在能亲眼看见这美丽的大自然景色，让我非常高兴。我还看见了在小小的想象之瓮中取之不竭的不可思议的大海。湛蓝澄净的海面上，银光闪亮的风帆缓缓远去，当它从陡然峭立的山崖间穿过的时候，一种难以忍受的岑寂感掠过我的心头，觉得生长在上面的茂盛草木很可怜。龙宫般美丽的中国寺院里，一个中国老妇人将石子放到石板上，在祈祷着什么。一个用头油将头发梳在两边的偶人般的小孩子迈着可爱的小脚摇摇晃晃地行走，我觉得很美。在贝壳工艺品商店里，摆放着很多很多海里的宝贝。父亲买了几支头簪准备送给

①即画帖，摹本。

姐姐们做纪念，给我买了一包花冠小月螺，可是我心想这么漂亮的东西，父亲为什么不全买下来呢。我们在长满松树的海边乘坐人力车，到处都是松树。正月演出的《高砂》①的宣传挂布上也绘有松树。我经常听伯母说松树是神木，因此喜欢松树，甚至到了迷信的程度。很快就到了旅馆。刚才还在海边享受松树林的宁静，现在突然来到喧闹吵杂的地方，我一下子哭了起来，吵嚷着"我要回家"。于是旅馆那些掌柜和女佣都围上来，像是老熟人一样，"小朋友啊""小少爷啊"地哄我。我放下心来，立即不哭了。一整天呼吸着海风的香气，观赏着小松树前边的细浪翻腾，看得入神，忘乎所以。

到了晚上，灯亮了。灯罩是圆筒状的竹笼，外面贴纸，放在风雅的黑漆台座上。迷恋火光的叶蝉飞来，停在台灯上。那有着漂亮的绿色、眉间宽阔的叶蝉非常可爱，我试着用指头按住它，它迅速地爬走，逃到旁边的竹笼眼里。另外还有黄翅羽衣。

有一天晚上，我走出檐廊，在院子里观看烟花。一个漂亮的女人拿着一包点心走过来，说：

"这个给你。"

①谣曲名，经常能在日本婚礼上听到，新郎也会在壁龛中悬挂《高砂》中老翁和老妇的挂轴。

我偶尔听人说她是"艺伎"，好像说"艺伎"都是骗人的，所以很害怕。这个"艺伎"走到我身旁，说我"好可爱"，问我"几岁了"，把手放在我的肩膀上，脸颊几乎贴上来，看着我的脸。我在她香气醉人的衣袖的围覆里面红耳赤，无法回答，只是紧紧抓着栏杆。我突然觉得这个"艺伎"是来骗我的，顿时心慌意乱，不顾一切地从她的衣袖底下钻出来，跑回母亲那儿去。我心脏怦怦直跳，把这件事告诉母亲。母亲微笑着责备我没有礼貌。以后每次看烟花，我就想，一定要回答她的问题，如果再给我点心，一定要表示感谢。可是，也许她生气了吧，后来再也没有来。我为没有机会向她表达自己的后悔感到遗憾。

　　有一天，我和父亲来到松树林的深处。松香扑鼻，松塔掉落下来。父亲慢慢地走着，我因为捡松塔，总是小跑着追赶他。衣袖和怀里装满了松塔，我心里说要和松塔做个好朋友，紧赶慢赶跟在父亲后面。这时，我看见一座凉亭，一个眉毛雪白的老大爷正用耙子搂松叶。我认为他就是《高砂》里面的老翁，莫名其妙地高兴起来——我真的这么认为。我好像变了一个人，主动对父亲说了许多话。

　　回到旅馆以后，父亲笑着对母亲说道：

　　"今天章鱼小子可说了好多的话。"

四十

　　旅行回来，才知道我们不在家的时候，阿国家由于公务的关系搬到很远的地方去了。我顿时垂头丧气，深感寂寞。此后我不再做噩梦，身体也渐渐发育成长，但依然是一副呆呆的样子，还是经常逃学。这不是因为身体虚弱，而是对于天真纯朴的孩子来说，复杂痛苦的学校生活实在令人讨厌。唯一让我高兴的是，当时的班主任中泽老师是个大好人，我非常喜欢他，而且我的座位就在老师的课桌前面。无论我怎么旷课，中泽老师从来不说我；不论我的成绩多么差，他总是嘿嘿地笑。只有一次，我和同桌安藤繁太打架的时候，挨了中泽老师的批评。不知道为什么，我和繁太这家伙就是不对头。有一次算术课，他在石板上画了个独眼龙的脸，再写上一个人的名字，叫着"瞧呀，瞧呀"给我看。我正在给一只大木屐画眼睛鼻子，随手在旁边写了"恶心"给他看。他突然踢了一下我的小腿，我也不甘示弱地捅了他的侧腹。我们这样暗地里打架被老师发现了，放学以后把我们留下来。老师从未如此严厉地问我们"为什么打架"。我把事情的经过说了一遍，表示过错不在我。繁太却撒谎，说是我先挑衅。老师说，打架各打五十大板，不让我们回家。其他同学都抱着书包欢欣雀跃地回去，有喜欢看热闹的趴在窗外露出笑嘻嘻的样子。所有的学生都走了，学校安静下来。不让我回家，天黑下来怎么办？晚饭吃不上，睡觉也不行，伯母怎么还不快来帮我向老师认错，再接我回去呢？各种各样的问题在脑子里盘旋着，泪水不由自主地涌上来。老师看着两人欲哭没哭的样子，嘿嘿笑着装作看书。繁太这小子一心想回去，焦急地捏弄着挎在肩膀上的书包带，终于憋不住哭起来，道歉说：

"对不起。"

老师说："你能道歉，值得称赞，那就原谅你了。"

说罢，让繁太回去了。我虽然也非常想回家，但反而把没有过错的我留下来，让我心里窝火。我拼命忍耐着不让自己哭出来，忍了又忍，终归忍不住，只能哭出来。我有个毛病，一旦哭起来，总是双手握拳使劲擦揉眼睛，哭个没完没了。在哭的过程中思考是非曲直，如果真是自己的错，就停止哭泣。如果不是自己的错，就觉得是因为个小体弱受到蛮不讲理的欺负，心里委屈，一边恨恨地想着瞧吧，一边抽抽搭搭。哭够以后，心里痛快了，喉咙里有一种刺激的快感。老师看我始终不认错，便说道：

"认个错就让你回家。认个错就让你回家。"

我说"我没有错"，就是不道歉。可是，在老师的耐心开导下，我认识到尽管打架是繁太挑起的，错本在他，但我不该在上课的时候还手。于是我低着头说道：

"对不起。"

老师让我回去。家里人听了此事，笑着说，没出息的章鱼小子居然打架了，真是奇迹。

四十一

不读书的报应立刻显现出来，等到考试的时候，我几乎一无所知。别人早早考完走了，就剩下我一个人，像章鱼一样一筹莫展，那滋味真不好受。其中最难受的是阅读课本。我最后一个被叫到老师的桌子前面，让我念蔚山笼城① 这一课。"蔚山"这两个字，我压根儿就没看过。我默不作声地站着，老师没有办法，一个字一个字教我，手把手地让我跟着念。我只喜欢加藤清正被明朝军队包围的插图，文字方面概不知晓。最后老师也失去耐心，说道：

"你会念哪一段就念哪一段吧。"

然后把书本扔到我面前。我满不在乎地回答：

"哪儿都不会念。"

---

① 1597 年，丰臣秀吉第二次侵朝战争（庆长之役）时，其部下加藤清正、浅野幸长据守朝鲜的蔚山城，被明朝军队和朝鲜军队包围。

考试结束以后,我的座位没有变动。因为我坐在最前面,就一直以为自己是第一名。姓名牌放在最后一个,点名也是最后一个,可这些事实却丝毫没有动摇我自认是班上第一名的念头。安排我坐在我喜欢的老师旁边,从来没有挨过老师的批评,这不是第一名又是什么呢?而且我最后也没有去拿成绩单,回到家里,自吹自擂说是第一名,听见家里人都笑呵呵地说"了不起,了不起",就自觉天下太平了。

这学期即将结束的时候,我家旁边新搬来一户人家。这一家与我们家只隔着屋后的一块地,周边围着杉树篱墙,可以自由来往。我到屋后去,悄悄观察那户人家,只见一个和我差不多大的姑娘朝墙根走去,好像从那边的杉树丛中悄悄向这边张望。一会儿,姑娘走出来,瞟了我一眼,我也瞟了她一眼,然后都若无其事地转向别的方向。这样反复几次以后,我发觉这女孩子身材纤细,好像身体有病,不由得喜欢起来。等到下一次两人对视的时候,她浅浅一笑,我也微笑一下。她转过脸,单脚轻松地转一圈,我也跟着转一圈。她轻轻地跳起来,我也跟着跳起来。她跳一下,我也跳一下。在我们相互跳跃的时候,我不知不觉离开了巴旦杏树底下,她也离开了墙根,我们相互走到能够说话的距离。

然而就在这时,有人叫她:

"小姐,吃饭啰。"

"好的。"

她回答一声，立即跑走了。我恋恋不舍地回到家里，匆匆忙忙吃完饭，又到刚才的地方，她已经在那里等待了。

"我们玩游戏吧。"

她大大方方地走过来。我刚才跟着她蹦了五六次，自以为已经熟悉了，可还是脸颊发红，说："嗯。"走到她身边。

她一点也不害羞，口齿伶俐地问道："你几岁？"

"九岁。"

"我也九岁。"她微微一笑，口吻老成地说道，"可我是正月出生，比你大。"

我问道："你叫什么名字？"

她爽朗地回答道："蕙。"

第一次见面，这样老套地互通姓名以后，阿蕙说道：

"我也很快要上学了，和你去同一所学校吧。"

我大为高兴，历数我们学校的优点、修身课有趣的事情、班主任多么和蔼可亲等，调动小脑袋的所有智慧，试图把阿蕙吸引到我们学校来。看来阿蕙性格好强，喜欢交朋友，一双水灵灵的眼睛，一头乌黑的头发，白皙光滑的脸颊透出一抹血色。对于懦弱呆笨又比她年龄小的我来说，这样活泼早熟的她有一种女王般威压的感觉，但我很满足，愿意对女王的颐指气使唯命是从。

四十二

　　一天，当我看见阿蕙在祖母的陪伴下来到学校的时候，心情异常激动。第二天开始，阿蕙就抱着书包走进了同一间教室，因为是新生，她被安排和最前面的我坐在一起。上课的时候，我无法聚精会神，斜眼偷看阿蕙，只见她一本正经地低着脑袋。下课后，因为还不是非常熟悉，她一个人呆呆地站在那儿。我本想和她说话，又怕被大家取笑，只好默然而立。她明明知道我的心事，却一副视而不见的样子。我这一天心里乱七八糟，无法平静下来，好不容易挨到放学回家，一路上盘算着今天要和她说这件事，要问她那件事。一回到家里，就往屋后跑，只见她独自在扔布袋子玩。

　　"阿蕙！"

　　我飞快地跑过去。可是，阿蕙却露出一副轻蔑的表情，说道：

"哼，我才不跟倒数第一的玩呢。"

说罢，立即回自己的家里去了。这大大出乎我的意料，我只好沮丧地回到家里，把这件事告诉伯母。

这天晚上，家里人照例集中在客厅里的时候，我第一次向大家坦白自己在学校里是倒数第一。我过去一直坚持说自己在学校里是第一名，但是最近老师提醒我注意，说虽然对智力发育不好的孩子不能过分要求，但照现在这个样子，肯定不及格，所以这次考试还是要加把劲儿。我一听，哇地大哭起来。由于长期以来的倒数第一，我第一次感到没有脸面。因为老师认为我智力发育不好，我想不来学校就不来，想休息多久就休息多久，成绩一塌糊涂，老师也不说我。原来我还是被别人瞧不起。其实我也知道倒数第一是令人羞愧的，只是想到自己偷懒不用功也可以拿第一，才不读书。如果老师早点告诉我的话，我也会温习功课，也不会逃学旷课。如今一想起这些，对谁都有怨气。我怨恨交加，懊悔恼怒，一想起来就哭，一想起来就哭，弄得伯母也跟着掉眼泪，安慰着"别哭了，别哭了"，把我带回卧室。

这之后，家人给我搬来一张小桌子，让我每天认认真真地预习和复习功课，伯母把她会的打算盘、习字等教给我，其他的让两个姐姐教我。每天在教室里和阿蕙见面，虽然觉得难受和气恼，但我绝没有旷课。阿蕙若无其事，自个儿和其他同学玩耍。我在同年级同学面前都觉得怯懦，抬不起头来，可能由于这个缘故，回到家里让我坐在桌子前读书，更是特别难受。说起来真是丢人，我对以前学过的功课是一窍不通。好几次心灰意冷，打算放弃，但在点心等奖品的诱哄之下，我不知不觉地坚持下来，并逐渐有所起色。认得的字一个个地变多，会的算术题也越来越多，久而久之，掌握的知识如几何级数般飞跃进展，不仅增强了自信，兴趣也大大提升了，回到家里，用不着别人催促，我自己就主动把小桌子搬出来认真学习。当然，喜欢被表扬是我学习的主要动力。虽然离考试时间不长，但经过这一段的拼搏，我的学期成绩在班上是第二名，阿蕙在女生中是第五名。

四十三

　　我的脑子突然开窍起来，仿佛脱胎换骨一样，世界变得新奇而明亮，而且先前虚弱的身体也迅速强壮起来。摔跤、夺旗①，无论什么游戏，我都在强手的前三名以内。不久，第一名的庄田离开以后，我继任班长。这时我对阿蕙的惭愧和愤懑也烟消云散，期盼着已经长出美丽嫩叶，虽然尚未开花但依然同根相连的友谊的嫩草能够沐浴春光，重新散发甜美的芳香。阿蕙似乎也有同样的心思，只是都在等待一个和好的机会。

　　孩子的社会与狗的社会一样，一个强者会让其他的人都追随自己。庄田不在以后，就是我的天下，借着大家对我的顺从发号施令，大耍威风。但我认为自己是孩子王中最通情达理的，以此宽慰自己。

①在一个地点插旗，众人跑步夺旗，先获得者为胜。

有一次，不知道因为什么事，长皮被大家"猿面冠者、猿面冠者"地叫，受到嘲弄。他和大家打起来，寡不敌众，趴在桌子上哭了。我一见，立马冲进正嗷嗷乱叫的人群里，严令他们"今后不许叫长皮是猿面冠者"。从此以后，长皮甩掉了"猿面冠者"的耻辱诨号。这是对他的一点报恩，我没有忘记刚入学时他给我红果子的友好态度。

　　岩桥依然是欺负弱小同学的罪魁祸首，尤其爱对女学生使坏。有一天，老师按照惯例带大家上酸模山运动的时候，岩桥独自钻进树丛里，摘了很多窃衣果①，大概又想干什么坏事。不一会儿，他双手握着大把的窃衣果，如舞台上的武智光秀②一样，目光炯炯地走出来。女孩子们平时对他就是远远地点点头，谁也不敢靠近他。这时偏偏阿蕙没留心从他旁边经过。岩桥一看，机会来了，双手张开拦住去路，把两三个窃衣果扔在她身上。

　　阿蕙叫喊着"啊！不要……不要……"，一边用衣袖阻挡一边逃走，但岩桥不依不饶地追赶。阿蕙在回身躲避的时候，一下子膝盖着地，哇地哭起来。我看到这一幕，猛然跳奔过去，一下将岩桥撞倒，瞥了一眼哭丧着脸的他，

①又称破子草，多生长于荒地、山坡。果实呈小卵形，多刺，会粘在衣服上。
②古装剧净琉璃《绘本太功记》中第十场的主人公，以日本战国名将明智光秀为原型。

来到已经爬起来但还没有掸掉灰尘、正用衣袖擦脸的阿蕙身旁，将粘在她头发和衣服上的窃衣果一个个取下来。阿蕙起先不知道谁这样关心自己，只是满心委屈地抽泣。等她泪水停下来，从衣袖间看过来，四目相对，她高兴地莞尔一笑，长睫毛被泪水沾湿，美丽的大眼睛满含笑意。此后，我们的友情犹如含苞欲放的牡丹，在蝴蝶翅膀的微风熏陶下等待绽开，我们相处得越来越融洽，也越来越亲密。

四十四

放学以后，我们各自回到家里，复习和预习也心不在焉，马马虎虎做完以后就来到屋后的田地，因此那里留下了我们很多记忆。我去得早的话，就跳格子、跳绳玩，着急地等着她。要是她来得早，就故意大声嘭嘭地拍球。她的球有用红毛线和蓝毛线编织出的方格图案，很漂亮。一见面，我们就先划拳。阿蕙有一个习惯，要是猜拳输了，会摇晃肩膀。

"你拍球我拍球，我拍一十了。"

"你拍球我拍球，我拍二十了。"

我拍球水平高，一直没有失手。阿蕙等得不耐烦，就用短绳触碰球，或者用短棍捅球。

"你拍球我拍球，我拍一十了。"

"你拍球我拍球，我拍二十了。"

阿蕙满面潮红，脑袋随着球一起上下晃动，身子拼命地转动。这时蓬松的辫子缠绕在肩膀上，一双脚如相互追逐的小白鼠一样耀眼炫目。她为了不输掉，有时甚至下巴夹球、胸前抱球，摇摇晃晃地坚持下去。

"啾啾啾，黄莺叫，黄莺鸟，飞到京城来，上京城啊，在那梅枝上睡午觉，梦见赤坂奴，枕头底下，发现一封信，恋上千代的一封信……"

阿蕙一边唱一边玩，精神集中，都不知道衣服的下摆拖到了地上，两只手像玩兔子游戏① 一样在球上灵活地蹦，从唇间流转出清脆的歌声。那圆润透亮的声音歌唱的天真纯朴的余韵至今还仿佛在我耳边回响。当夕阳沉入原野的地平线，明月东升时，藏在花圃绿叶底下的小蛾抖动着灰白的翅膀扑哧扑哧飞起来。少林寺的罗汉松上，成群的乌鸦在争夺树枝；院子里的珊瑚树上，麻雀叽叽喳喳地聊天。这时，我们仰望着逐渐退去黄晕的月亮唱起兔子歌。

"兔——子啊兔子，你看着什么蹦蹦跳？看着十五的月亮蹦——蹦跳。蹦、蹦、蹦……"

两人把手放在收拢的膝盖上，弯腰蹦跳，已经筋疲力尽的双腿蹦个两三下就失去了弹跳力，不由自主地骨碌一屁股坐到地上，两人觉得可笑，哈哈大笑一通。就这样玩

---

①数人蹲在地上，一边唱童谣，一边往前走，在童谣结束时一起蹦跳。

得忘乎所以，尽情尽兴，直到家里人来叫我们回家。

阿蕙很懂事，不论什么时候，只要一听见"小姐，快回家来"的叫唤，她立即乖顺地回答"好的"。虽然流露出不愿意回去的样子，但还是说走就走。分手的时候，两个人用小手指拉钩约定明天再来玩，使劲儿拉钩，感觉手指要断掉了。要是撒谎，手指就会烂掉，这么一想，心里觉得有点可怕。

四十五

随着两人相处日益亲密，好强的我与容易感觉委屈的阿蕙时而发生无聊的争吵。有一天，我们还是在屋后玩拍球，但阿蕙运气不好，越玩越输，最后她赌气地说我滑头，牢骚抱怨，一边哭一边用双手嘭嘭地打我。这时，放在衣袖里的几个布袋子①一不小心掉到地上。阿蕙也不捡起来，说：

"再也不和你玩了。"

说完便双手捂着脸，也不听我委曲求全的道歉，气呼呼地走了。

我被扔在那里，也没多想，随手把几个布袋子捡起来拿回家去。然而，这布袋子又成了烫手的山芋，要是阿蕙

---

① 装有红豆或大米的小布包。小女孩经常手拿几个布袋子，玩一边唱歌一边交替抛起接住的游戏。

气急之下说我拿了她的布袋子，那怎么办？要不悄悄地放回原处，或者明天到学校放到她的桌子里面？我左思右想，始终拿不定主意。不管怎么说，把别人的东西拿回来放在自己的抽屉里，心里总是不安。就这样顾虑重重地过了一夜，第二天早上有一种害怕见面，又担心见不着面的心情。我一大早第一个来到学校，无精打采地坐在自己的座位上，回想着之前的事情。接着，同学们陆陆续续地进来，教室里逐渐热闹起来。然而一直没见阿蕙的身影。莫不是她生气不来了，也说不定还不到来的时候，我心里急不可耐。连一贯晚到的长皮都来了，她也该来了吧？我坐不住了，起身走到门边，从门后向外张望，看见她抱着书包正从坡道上下来。我总算松了一口气。她不知道我在等她，我看她要进门的时候，便装作若无其事的样子从门后出来。两个人偶然遇见，四目相对，她有点不好意思地微微一笑，什么也没说便进了教室。应该没问题了。看来她并没怎么生气。这一天，我心神不定，阿蕙却兴高采烈地和同学们玩耍。放学回家后，我坐在小桌子前，正想着今天还要不要去屋后，却发现玄关的格子门轻轻开了。阿蕙小声说道：

"对不起了。"

我立即站起来，从屏风后面一边叫着"阿蕙"，一边走到玄关的台阶板上。阿蕙大概是第一次来我家的缘故，有点不好意思，但她那张清澈明朗的笑脸让我顿时卸下了沉重的包袱。我把这位罕见的贵客请到了玄关旁边的自习室里。

阿蕙有点紧张地环视室内，靠在倚臂窗上，看着吊钟花的灯笼，[1] 待心情平静下来，说道：

"昨天是我不好。"

她端端正正地双手按在榻榻米上低头道歉，表示后悔。她那大人做派的正式的道歉方式反而让我不知所措，没想到让她承受这么大的心理负担，不免自责起来。我不要这样的道歉。阿蕙说昨晚回家以后挨了一顿训斥。她请求我原谅，并把布袋子还给她。我故意让她着急，才从抽屉里拿出布袋子还给她。布袋子的材质是友禅绉绸，是一种外出和服的布料。布料上的桐花、凤凰翅膀等图案现在零零散散地分布在各处。我们拿起这深有缘分的布袋子开始游戏。布袋子忽上忽下，如蝴蝶翩翩起舞，阿蕙的脑袋忽仰忽低，染成红白条纹的头簪饰穗在鬓角处颤动跳跃。

"换骑马，换坐轿，换骑马，换坐轿……"

布袋子落在手背上，变换种种手法，不让它掉下来。

"钻小桥，钻小桥……"

阿蕙用纤细的手指在榻榻米上搭起小桥，布袋子轻快

---

①吊钟花，杜鹃花科，初夏开小花，花形似灯笼。

地从桥下穿过去。她的耳垂潮红，很美。如果她着急，越急越手忙脚乱，在关键时刻就会失手。这时候，她就随手扔掉布袋，或者藏在衣袖里。这以后，她每天都来我家玩抛布袋游戏。

四十六

　　课本上完一册的时候，老师说复习功课，让我们"续读"①。男生一组，女生一组，前面的人念错的时候，对方组的人立即纠正，并接着读下去，最后朗读多的一组为胜。男生平时什么事都自以为了不起，目中无人，可一到阅读都不争气，一败再败。而且到紧要关头，一个个都心急火燎，经常出错，所以只能不断把机会让给女生。我第一个念，对上述情况心里有数，所以一开始念得比较慢。大家看我慢慢吞吞，显得生涩，都轻蔑地嗤笑。但是我一个字都没有念错，语速逐渐流畅起来。日本武尊挥刀砍草的部分，栗色毛的马、茶褐色毛的马、青色毛带着灰色斑点的马等战马的部分，黑人骑着骆驼行走在沙漠上的部分，一直念到元军这一节，后面只剩下一两页就结束了。还有一

①读一篇文章，前面的人读错的时候，第二个人接着往下读，这样接连读下去。

幅描绘日本的小船向损失惨重的元朝战船靠近的图画，书上写着，闰七月三十日夜，神风吹刮，元朝十万大军覆灭，仅剩三人幸免于难。女生组现在开始后悔自己的麻痹轻敌，哪怕稍有松懈喘口气都会输掉。我看着她们的狼狈相，觉得好笑，自然越发镇静自若，念到了陶器这一节。但是，这可难为我了，我对陶瓷的制作方法不感兴趣，平时复习功课总跳过这一节，所以念得磕磕巴巴，语无伦次，立即败下阵来，极不情愿地交给女生组继续阅读。我心想女生组出来与我对阵的是谁，没想到竟然是阿蕙。我的心情又高兴又气恼。然而，大概阿蕙刚才听我念书感觉委屈，哭了起来。她眼睛红红的，拿着书站起来，却还在抽泣，一个字也没念下去。这时下课铃声响了。这一次，男生组罕见地大获全胜。

放学以后，阿蕙还是像往常一样到我家里来玩，眼睛还有点红肿，不好意思地说道：

"不过，今天我真的很委屈。"

说着，从衣袖里掏出一根线绳，说道：

"咱们玩翻绳游戏吧。"

我们的小膝盖碰触在一起，漂亮的线绳缠绕在白皙的手腕上，纤细的手指被线绳绷得向后翘起来。

阿蕙说"这是水"，把手上线绳挑出的形状交给我。

我小心翼翼地接过来，说"菱角"。

阿蕙的十只手指按顺序接过去，说"叮咚弹个琴"，挑出个古琴。

我说："我来一只猴。"

"我来一只鼓。"

这个游戏仿佛用双手编织出了我们和谐美好的友谊。

四十七

有一天，上修身课的时候，老师说：

"今天你们来讲，每人讲一个话题。"

然后把椅子拉到火盆边上坐下来，环视大家，挑选性格好强或者幽默的学生，叫他们出来讲述。别看平时是称霸一方的孩子王，或者喜欢耍活宝逗人乐，可一站在讲台上，众目睽睽之下，都变得张口结舌，前言不搭后语。一个名叫"所"的平时尽当受气包的高个子男同学第一个被叫起来，他膝盖颤抖着，说："我讲布袜子。"

"布袜子？这好像有意思嘛。"老师给他鼓气。

所结结巴巴地讲述道："布袜子从那头流过来，布袜子从这头流过去，在中间相遇，布袜子常常辛苦。"①

———————————————

①这是利用日语谐音的小段子。"布袜子"日语为"足袋"，发音为"tabi"。两个"tabi"连在一起是日文中"度度"（常常）的发音。

他草草说完以后，便退下来。

接下来是吉泽这个牙齿地包天的老实人，他一边嘿嘿地笑着一边说："我讲长枪。"

老师说："哦，长枪？这好像也很有意思嘛。"

"长枪从那头流过来，长枪从这头流过去，在中间相撞，哎呀哎呀好辛苦。"[①]他说罢也退下去。

这些简单的小段子都被别人讲了，我心里有点打鼓。可这时老师偏偏点我的名字。我从伯母给我讲述的那么多熟悉的故事中找不到一则短小而合适的，没办法，只好讲河童头顶的碟子里没有水的故事。在讲的过程中逐渐冷静下来，朝着心中挂念的阿蕙那边瞟了几眼。讲完以后，对老师行了礼，正要回到自己的座位上，老师说"你这家伙脸皮够厚的"，笑着敲了一下我的脑袋。

接下来是女生讲述。但大家都趴在桌子上，谁也不愿意讲。老师只好按座号叫，但还是没有人出来，有的人甚至哭起来。终于叫到第五号。阿蕙似乎已经做好思想准备，痛快地应了一声"到"，走到讲台前，不过还是面红耳赤，微微低着脑袋。但她很快一边无意识地做着手势，一边开始断断续续地讲述。我又是担心又是同情，替她捏一把汗，

①此处也是使用了谐音。"枪"的发音为"yare"，两个"yare"的发音与"哎呀哎呀"相似。

甚至不敢正面看她。但她的讲述逐渐流畅起来，水汪汪的大眼睛神情专注，像大人一样成熟老练，那无比清脆悦耳的声音讲得有条不紊，头头是道。她讲的就是我以前经常听到的初音鼓的故事。学生们意外地被这种落落大方的态度慑服，又被有趣的故事吸引，都安静下来，聚精会神地听。阿蕙讲完以后，老师说道：

"今天男生都讲得不错，女生一个也没出来，本应该是女生输，但刚才某某的一则故事出类拔萃，女生赢了。老师都深受感动。"

女生们都情不自禁地微笑起来。阿蕙也红着脸，垂下眼睛，回到自己的座位上。我带着既高兴又嫉妒的心情看着她。那是一则本不该让阿蕙讲述的故事……

四十八

　　冬天的夜晚玩游戏很快乐，心情非常舒畅。阿蕙来的时候，双手都冻僵了，一进屋就守在火盆边上。为了接待这位可爱的小客人，伯母每天晚上都要把木炭添得满满的。阿蕙冷得缩着肩膀，整个人简直像要趴在火盆上一样。我等得不耐烦，就拽她的辫子，把手指穿进她的稚儿髻①的发圈里。她的火暴脾气一点也不比我差，有时会恼怒地哭起来。这么一来，我二话不说，只是一个劲儿地认错道歉。嘴巴凑到她的耳边，低声说"原谅我吧，原谅我吧"，但是她一味摇头，不肯轻易罢休。等到她哭够了，说"好了"，一下子心情大好，露出怨恨中带着寂寥的笑容。这个时候，我偶尔也会替她擦去沾在眼睑上的泪水。

　　阿蕙很会装哭。两人为鸡毛蒜皮的事情争执两三句，

_____
①女孩子的发型之一。发分两边，头顶上左右各有一个发圈。

她就突然气哼哼的，趴在我的膝盖上哭起来。我感受着她沉甸甸的温暖，有时把她的发簪拔下来，有时挠她的痒痒，想方设法哄她开心。但越是这样，她哭得越厉害，尽管我认为自己没有过错，却还是拼命地道歉。折腾得我苦不堪言、束手无策的时候，她突然抬起头，吐出舌头，做了个鬼脸，那意思是"啊，好开心"，得意地咯咯笑起来。她的舌头是那么柔嫩细腻。我经常上当受骗，后来便通过观察她的额头是否露出生气的青筋，来判断她是真哭还是假哭。

阿蕙还擅长做鬼脸，这个我总是甘拜下风。她的脸蛋能随心所欲地活动，做出各种各样的表情，吊角眼，三角眼，双手揪着眼睛像橡皮筋一样伸缩。我非常讨厌这种鬼脸，倒不是因为自己不如她，而是阿蕙本来清秀端正的五官被这样翻白眼、扯扁嘴弄得七歪八斜，实在惨不忍睹。

久而久之，与土狗、丑红牛一样，我似乎也把阿蕙视为个人的所有物。她感受到的毁誉褒贬以及好坏，毫无例外都会成为我的感受。我开始觉得阿蕙是个漂亮的女孩。这是多么令人扬扬得意啊。但与此同时，容貌曾长期成为我沉重的思想负担。我想变成一个更英俊的孩子，能吸引阿蕙的心。我开始想，这样的话，我们两个人就能成为最要好的朋友，一直一起玩下去。

一天晚上，我们站在倚臂窗前，沐浴着透过百日红的叶子洒进来的月光一起唱歌。这时，我无意中看到自己垂在窗外的手臂，忽然觉得如此美丽，白皙透明，令人陶醉。这不过是月光一时兴起的捉弄，但如果真是这样的话，我不禁生出自信，把手臂伸到阿蕙面前，说道：

　　"你瞧，显得多漂亮。"

　　"哎哟。"阿蕙卷起袖子，给我看她的手臂，"我的也漂亮啊。"

　　那手臂如蜡石①般柔美白嫩。两人觉得不可思议，从手臂到小腿，再到胸部，都袒露在寒气沁人的夜色里，忘记了时间，纷纷惊叹不已。

---

①质地细腻致密，摸着有蜡一样的感觉的岩石，如叶蜡石、滑石等。

四十九

　　那一阵子，我们家的西边搬来一家做缝箔①手工艺的邻居。那家的儿子名叫富公，成了我们班的新生。他的学习成绩一塌糊涂，但因为能说会道，而且大我两岁，身强力壮，很快就成为班级里的孩子王。自然，我不能像以前那样发号施令了，但为保持体面，也不能低头行事，结果受到大伙儿的排斥。他在左邻右舍没有朋友，放学后就来叫我去屋后玩耍。我不太喜欢他，而且非常想和阿蕙一起玩，所以对他并不热心，却又害怕引起他的反感，只好勉强应付。阿蕙本来就是一个喜欢玩闹的姑娘，起先只是从篱笆外饶有兴趣地看着我们玩，后来憋不住也跑出来，学着我们的样子一起玩跳绳、滚铁环等游戏。乖巧伶俐的富公一口一声"小姐""小姐"地讨好阿蕙，给她表演拿大顶、翻筋

①指运用刺绣和金银箔装饰工艺制作而成的和服。

斗等本领。阿蕙很喜欢这一套东西,整天"阿富""阿富"地跟在他后面。我是由伯母一手带大的,只和阿国那个女孩玩过,历练不够,根本不会这种惊险的技艺,没有本事,只好咬着手指头眼睁睁地看着富公随心所欲地享受这位小女王的宠幸。

阿蕙晚上到我家里来的时候,也是话题不离富公,对我拿出来取悦她的绘本、草双纸等瞧都不瞧一眼。三个人一起玩的时候,富公趾高气扬,又是说我笨,又是说我窝囊,变着法儿地寒碜我。我自己没有拿大顶、翻筋斗这样的本事,反过来怨恨伯母的教育。我虽然对富公极其厌恶,但一直忍气吞声,逆来顺受。可是忍耐毕竟是有限度的,最后我终于爆发了。有一次,富公说话实在太难听了,我怒气冲冲地回嘴,他满嘴脏话地骂了一通,接着附在阿蕙耳边一边斜眼看着我一边出什么坏主意,然后说"再会,明儿见",就走了。

阿蕙也学着他的样子说了句"再会,明儿见",跟着他走了。

富公一定是把阿蕙带到他家里去了。从此以后,阿蕙再也不到我家里来了,偶尔碰面,她笑也不笑,匆匆避开。这都是坏心眼的富公教的。这么一想,我小小的心中燃烧起嫉妒和愤怒的烈焰,翻江倒海。在学校里,他唆使同学接连不断地欺负我。我没有他那么口齿伶俐，臂力也的确敌不过他，好在学习上是第一名，算是勉强的自我安慰。然而，失去了阿蕙，这第一名不也是徒有其名吗？

五十

　　这几天的日子实在难熬，简直令人发疯。有一天，我又是一个人躲在自习室里苦恼的时候，忽然听见咔嗒咔嗒走路的声音，我心头一惊，但强忍着没有起身开窗。接着，从窗格子那边飘来一个数日未闻的熟悉的声音：

　　"对不起。"

　　"是谁啊？"紧接着又是伯母佯装不知的声音，"哎哟，哎哟，我以为是哪一位贵客呢，原来是这么可爱的小姐。"

　　伯母轻轻地搂着阿蕙，她不知道内情，便随口问道，是感冒了？还是出外旅行了？阿蕙从伯母打开的拉门静静地走进来，端庄文雅地将双手放在榻榻米上，说道：

　　"好久不见了。"

　　强忍着紧绷数日的心弦就因为这一句话一下子断掉了，我情不自禁地呼唤道：

"阿蕙！"

与此同时，委屈的泪水簌簌流淌下来。

阿蕙似乎并没有在意，从衣袖里拿出布袋子。我问道："你来干吗？"

她意外地平静地回答："前些天我一直去阿富家里。"

我追问道："那今天怎么不去？"

她若无其事地回答道："母亲说我了，不许我去阿富家。"

我虽然气消了一些，但还是说起这几天的怨气。阿蕙说"对不起"，然后辩解道，是因为阿富说不要来你这儿，到他家里去有很多好玩的。

阿蕙说道："母亲斥责我了，我现在很讨厌阿富，咱们重新做回好朋友吧。"

我不知道如何形容自己的心情，觉得阿蕙依然是属于我的。富公不知道这个变化，大概在家里苦等了一整天吧。第二天在学校里，富公没有注意到我在盯着他看，他悄悄来到阿蕙身边，不知说些什么，阿蕙冷淡地回应道"我不喜欢你了"。自从被母亲斥责以后，阿蕙似乎从心底瞧不起富公。

五十一

　　奸诈狡猾的富公看到自己被疏远，装模作样地亲近我，说了很多好话，讨好逢迎，后来开始说阿蕙的坏话，说自己以后不再和她玩了，你也别和她玩。我心里暗笑，嘴上却敷衍应付。然而，当他发现我和阿蕙重归于好以后，便开始策划可怕的报复行为。每到下课时间，他就煽动大家嘲弄我们两人。当大伙儿喊累了，攻击的势头减弱以后，他就编造荒谬绝伦的谣言，告诉班里的人继续煽风点火，发动攻击。大家投来怪异的目光，我们被同学们孤立，陷入悲惨的境地。但越是这样，我们就越亲密，和他们较劲。当一天烦心的功课结束，回到家里玩耍的时候，我们感到心中洋溢着难以言喻的快乐和慰藉。富公的复仇日益阴险毒辣，我对他的敌意也随之强烈起来。我根本不把其他小喽啰放在眼里，而且发现富公本人其实并不可怕。因为当我怒不可遏与他正面对决时，他却不敢单打独斗，而是逃到远处叫嚣。我在蔑视他的同时，心中生出一定要报这一箭之仇的强烈冲动。

不久，有一天放学的时候，长皮悄悄过来，说道：

"明天他们要伏击你。"

说完，他大概害怕被人看见，急匆匆跑了。我非常感谢长皮来通知我。

第二天早晨，我把一根长约两尺的带节的罗汉竹藏在衣服里面，来到学校。小的们，来吧！

上完最后一节课，富公做着手势，叫着"大家都来，大家都来"，自己第一个跑出教室。接着，有两三个拍马屁的家伙陆陆续续跟在他后面。我已经下定决心，故意最后一个离开，对方果然在没有过往行人的八幡神社的竹丛中埋伏。拍马屁的小喽啰发现我以后，唉哼唉哼干咳几声。我决心今天给他们点颜色瞧瞧，但不动声色。正要走过去时，只听见富公下令：

"来了。上！"

其他人和我并没有什么仇恨，而且也不是我的对手，只是在一旁摇旗呐喊，只有一个人——和尚的儿子，烂眼角的家伙，也不知道出于什么忠义之心，突然间从背后抓住我的脖颈。富公其实心惊肉跳，但有这么一个可靠的打手，也壮起胆来，说"你小子狂得很哟"，走近前来。

我猛然抽出罗汉竹，从正面给他一棒。富公一下子软下来，一边说"呀，别打我别打我"，一边捂着额头啜泣起来。看着平时卑劣的孩子王现在一副熊样儿，这些小喽啰感觉危险逼近，胆战心惊地说"这事跟我们无关"，灰溜溜地回去了。然而，令人吃惊的还是这个烂眼角的小和尚，他大概抱着与孩子王生死与共的决心，闭着眼睛拼死抱着我，就是不松手。再刚强的人这时候也有点顶不住了，我好不容易才把他早已筋疲力尽的胳膊掰开。回去的时候，我自己也止不住泪水流淌。

五十二

　　日子在折断一根根冰柱，玩硬炭拉雪^①的游戏中一点点过去，不知不觉到了女儿节。家里还保留着在神田大火灾中奇迹般没有烧毁的旧偶人，只是五人演奏组^②只剩下三人，所有的箭矢几乎都折断了，残缺不全，但每年必定摆出来，也算是给孩子们的安慰。伯母把家里平时用不着的东西都集中起来，围上一圈镶有贝壳的屏风，将彩色印花纸剪成细长条堆放在供奉台上，以此掩饰摆设的不足，但在孩子们眼里已经是很漂亮的偶人台架了。铺着鲜红毛毡的台上并排摆放着美丽的偶人，最上面一层是我的，第二层是妹妹的，第三层是小妹妹的偶人，再供上菱形年糕和爆米花，

---

①将带子系在硬木炭（橡树、栎树烧成的木炭，火力旺）的中间，抛到院子的雪地上，往回拉雪的游戏。
②五个组成一组演奏能乐的偶人，分别唱谣曲、吹笛、击小鼓、击大鼓、击太鼓。

这个时候别提多高兴了。我还记得甚至担心睡觉的时候海螺会不会逃走，被大家笑话一通。

过节的时候，我特地把阿蕙叫来。阿蕙穿着正装，罩着带有红色饰穗的披风。我们一起拘谨地坐在偶人台架前，心情愉快地吃着炒豆。伯母端来三只一套的酒盅，把小号的给客人，中号的给我，然后斟上黏稠的白酒。白酒从酒壶口像细棒一样垂落，在酒盅里满起来，我们小大人似的并排着，一起咬牙咕嘟咕嘟喝下去。伯母特别疼爱孩子，她觉得这样可以让孩子们高兴，自己也以此为最大的乐趣。她掩饰不住喜悦的心情，两手同时抚摸着两人的后背，说道：

"两个人都很可爱，很可爱。"

奶妈说着"真是像偶人一样的一对夫妻啊"之类的话，故意调侃我们。阿蕙穿着正装，所以一副规规矩矩的乖样子，其实她带来了拍球和布袋子，只是摆弄着，也不说一起玩。后来我们玩双六、水中花、十六子跳棋、弹玻璃球，阿蕙才逐渐活跃起来。于是我拿出前些日子姐姐送给我的成田屋劝进帐和音羽屋助六的毽子拍，[①]把她叫到屋后来。两个人都像金鱼那样摇摇摆摆，加上毽子拍很大，手控制

---

①这里指的是绘有歌舞伎成田屋第九代市川团十郎扮演的《劝进帐》中的武藏坊弁庆，以及音羽屋第五代尾上菊五郎扮演的《助六》中的花川户助六的画的毽子拍。

不好，羽毛毽往往拍两三个来回就掉落在地上。

"卖油的阿染啊，久松哟……"①

我们唱着这首歌，饶有兴趣地玩着嘭嘭拍屁股的游戏。

---

①阿染、久松是净琉璃《新版歌祭文》中恋爱的男女主人公。

五十三

　　过完女儿节不久，阿蕙的父亲过世了，她有一阵子没有来。一天晚上，我又意外地听到咔嗒咔嗒的脚步声，以为她又来玩。可是，也许是我的主观感觉，她的表情极其沉重悲伤。我忐忑不安，家里人也可怜她，说了很多安慰的话。她说"我们明天就要搬家了，祖母和母亲说要回老家去"。

　　阿蕙显得很不开心地说道："搬家虽然高兴，可离得太远，以后就不能来玩了，真没意思。"

　　我感觉无奈和悲伤，不知如何是好，两人心头都闷闷的。阿蕙虽是来告别的，当晚我们还是一起玩耍。可伯母老是唠叨着"这孩子真的很可怜"，盯着她的脸。

　　第二天，阿蕙的祖母牵着阿蕙的手过来，在玄关口辞别。我听见阿蕙那熟悉的大人口吻、稳重的语气，真想飞奔出去，心头却突然涌上一股莫名其妙的羞涩，犹豫不决地躲在纸拉门后面。然后阿蕙走进了屋里。她离去后，家里人看着她的背影，异口同声地说"真是位漂亮的小姐"。听说阿蕙今天是特地穿着女儿节那天的和服正装过来的。我一个人坐在桌子前面，心想为什么不出去见她一面。这样想着，眼泪就不争气地流了出来。伯母一眼看见，对我说：

"少爷也很可怜。"

第二天，我一大早第一个来到学校，悄悄地坐在阿蕙的座位上，亲切眷念的感情顿时在心中沸腾。我紧紧抱着她的书桌。阿蕙是个顽皮的孩子，桌面上一大片"山水天狗"[①]、"ヘマムシ入道"[②]之类的涂鸦。

这些都是二十年前的事情。我总觉得阿蕙已经死去。可是想起来，又觉得其实阿蕙还活着，也许这时候也正想起我。

---

①以"山""水"两个汉字的草书画出天狗的形态。
②以日文片假名"ヘマムシ"和汉字"入道"的草书描绘人的头像。

后 篇

一

中泽老师心地善良，但脾气暴躁，一旦发怒，就用教
鞭敲击学生的脑袋，打得人头昏眼花。不过，我还是喜欢
这个老师。为了尝一尝教鞭的滋味，我甚至不辞辛苦地从
家里院子中砍下一段棕榈树树枝，送给老师当新的教鞭。
老师接过以后，嘿嘿笑着说：

"谢谢。用这个打脑袋最合适。"

说完，他顺手做了一个打我脑袋的动作。我这个人不
听话，自由散漫，老师虽然很伤脑筋，但好像拿我没办法，
于是我自以为老师喜欢我。大家上课没有规矩的时候，中
泽老师火气上来，满脸涨红，教室里立刻安静下来，所有
人都提心吊胆。这个时候，就我一个人若无其事，依然笑
眯眯地看着老师。有一天，校长来巡查，老师对校长抱怨
说"这孩子什么都满不在乎，真没辙"。我听了老师对自

己的牢骚，觉得蛮有意思的。校长走到我身旁，问道：

"不怕老师吗？"

"不怕。一点儿都不怕。"

"为什么不怕呢？"

"因为我觉得老师也是人嘛。"

校长和老师对视了一眼，只是苦笑一下，什么话也没说。从那个时候开始，我学会透过大人一本正经的外壳观察其中隐藏的滑稽的孩子气的一面，因此没有像一般孩子那样对大人怀有特殊的敬意。

之后，甲午战争爆发。我患了严重的麻疹，有一阵子没去学校。等上了学，知道换了班主任，我惊讶不已。听说中泽老师应征入伍了。老师上课经常给我们讲述军舰的事，原来他以前是海军军官，因为生病转为预备役。那个讲述不可思议的《西游记》故事的老师、用舌尖舔着画笔绘出很多美丽图画的老师、除了用棕榈鞭敲脑袋之外都非常招人喜欢的老师，以后再也见不着了。我心头异常难受。放学后，我把大家召集起来，打算仔细打听老师辞行时的情况，但他们一天到晚就知道玩耍，分别还不到半个月就已经把这件事忘到脑后。大家无动于衷地坐在那里，甚至因为干扰到他们的玩耍，不乐意地鼓着嘴巴，默不作声。终于有一个人想起来，说道：

"那一天他穿着狮子毛的大衣。"

其他人也七嘴八舌地说：

"是狮子毛。"

"对，是狮子毛。"

这些傻蛋第一次见到狮子毛——也许根本不是狮子毛——觉得新鲜，别的什么都记不住。我刨根问底地询问，心急如焚。最后一个人说：

"老师要上战场，或许再也见不着了。可是我们一定要听老师的话，好好学习，将来做一个有用的人。"

我一听，泪水一下子簌簌流淌下来。大家十分惊讶，盯着我的脸，还有人挤眉弄眼、拉衣扯袖地嘲笑。因为他们不知道我为什么这样哭，认为不能打破老师"男人三年哭一回"的训诫。

二

对我来说，更加不幸的是新来的班主任丑田老师和我脾气相左。他会柔道，所以学生也怕他，他因此自鸣得意，常向人炫耀，自以为无敌手。有一次绘画考试的时候，我画葫芦，他说比他画得还好，给我打了三个圈。除此之外，我没有一次佩服他的。我不喜欢他，大概他也不喜欢我。这样不知不觉地形成了敌对关系。

战争爆发以后，同学之间的话题从早到晚就是"大和魂"和"清国佬"。而且老师也参与进来，仿佛唆使狗咬人似的，整天翻来覆去地谈论"大和魂"和"清国佬"。我从心底感到厌恶，十分不快。老师对豫让①、比干②的故事只字不提，却没完没了地讲述元军和征伐朝鲜的事情，唱

①战国时代晋国人，仕智伯，受重用，后为主报仇未果。见《史记·列传》。
②殷纣王的叔叔，因谏暴政被诛。见《史记·本纪》。

的歌也都是粗俗的战争歌曲；还让我们跳舞，动作和做体操差不多，没意思透顶。然而大家都一本正经的样子，如同不共戴天的敌人"清国佬"已蜂拥而至一样，端肩张膝，横眉立目，使劲踩地，简直要把竹皮屐蹬破，也不管曲调节奏，在飞扬弥漫的尘土中一味吼叫喧嚷。我羞于与这帮家伙为伍，故意扯着比他们高的嗓门唱着走调的歌。本来就很小的操场，被"加藤清正"和"北条时宗"弄得臭气熏天，结果老实的学生都被当作"清国佬"拉去砍头。走到街上，所有的草双纸店里，彩色印花纸和纸制少女偶人都销声匿迹，取而代之的是令人作呕的炸弹爆炸的图画。所见所闻都令人气愤。有一次，一群同学又聚在一起，兴致勃勃地谈论着道听途说的有关战争如何激烈的传闻。我表达了与他们不同的看法，说"日本最后会败给中国"。这个大胆的预言让他们大吃一惊，先是面面相觑，接着说我可笑至极，同时对敌人的仇恨情绪猛然高涨，根本无视我这个组长的权威。其中一个家伙口气夸张地说道：

"哎哟哟，对不起，对不起。"

有的同学握着拳头在我的鼻尖上蹭了蹭，还有一个同学模仿老师的声调，说道：

"真不好意思，我们日本人有大和魂。"

我独自承受着他们的攻击，带着越发强烈的反感和自信断言："一定会输的，一定会输。"

我坐在叫嚣喧嚷的他们中间，绞尽脑汁想打破他们毫无根据的观点。其实多数同学连报纸都懒得看，世界地图也不看，《史记》和《十八史略》的故事也没听过，所以最后剩下我一个人滔滔不绝，头头是道。他们虽然心里不服，却无力反驳，只好闭嘴。然而心中的郁愤并非就此消除。他们在下一节课立刻到老师那里告状：

"老师，某某说日本会打败仗。"

老师依然是那副得意扬扬的神情，说道：

"日本人有大和魂。"

接着照例满嘴脏话地骂了一通中国人。

我就像自己挨骂一样忍无可忍，反驳道：

"老师，如果日本人有大和魂，中国人也有中国魂吧。日本有加藤清正、北条时宗，中国不是也有关羽、张飞吗？而且老师总给我们讲谦信给信玄送盐的故事，教导我们怜悯敌人是武士道精神，可为什么这样骂中国人呢？"

我把平时郁积在心中的苦闷一股脑儿倾诉出来。

老师表情严肃，缓了一会儿，说道：

"某某没有大和魂。"

我感到自己的太阳穴青筋暴跳，这个大和魂又不能拿出来给大家看，我只好满脸通红地低头不语。

虽然战争初始，日本士兵占据上风，我的预言没有应验，但是我无论如何也无法消除对老师的不信任和对同学的轻蔑。

由于这样那样的事情，我觉得继续和他们混在一起实在愚蠢，于是逐渐主动疏远他们，变成一个以嘲笑的冷眼观看这场闹剧的旁观者。有一天，我独自站在走廊上，胳膊放在多年来被这些淘气的学生摩擦光亮的栏杆上，笑看他们疯闹。这时一位老师从我身后走过，突然问道：

"你笑什么？"

我回答说："小孩子们的游戏很有意思。"

老师不由得笑起来。

"你自己不也是小孩子吗？"

我认真地回答："虽然我也是小孩子，但没有这么蠢。"

"真叫人头疼啊。"

说着，老师走进教研室，把这件事告诉其他人。老师们大概觉得我是一个伤脑筋的学生。

三

　　尽管同级生都把他当作蠢得无药可救的傻瓜嘲弄欺负，但我对这个可以说是头号傻瓜的蟹本还是深怀同情的。他几乎就是一个白痴，从个头看，差不多有十六七岁了吧，可是在一个年级总要待两三年，才勉勉强强地升上去，和我们这些后面进来的学生在同一个年级。他连自己的年龄都不知道，大概因为傻的缘故，脸上还保留着些许纯朴的气息，所以无人知道他真实的年龄。胖乎乎的圆脸，脸颊上有一颗豆粒大的黑痣，这个标记使他成为全校无人不知的人物。有人拿他寻开心：

　　"蟹本，你的脸颊上有一块墨迹。"接着嘿嘿嘿地笑。

　　蟹本一本正经地回答：

　　"那——不——是——墨——迹，那——是——痣。"

　　他斜挎着一个与高大身材极不相称的没有珠子的小算

盘，飘然而来，觉得无聊了，即便是在上课，也不管不顾抬腿就走。人一般有种卑鄙利己的同情心，只对与自己境遇悬殊的弱者产生怜悯。因此，这让蟹本拥有了这天底下最自由自在的天地。不过，既然活着，总有心情好和心情不好的时候，他心情不好的时候大体上不露面，偶尔来学校，也是没有一丝笑容，低着脑袋坐在课桌前。过一会儿，大概想起什么事，突然嗷嗷哭起来，一直不停地哭，直到哭够为止。不为人知的巨大悲哀像一片不幸的黑暗郁积在心中，在肆无忌惮地号啕大哭之后，他又拎着那个小算盘飘然而归。在这样的日子里，偶尔有人和他说话，他也不会露出不幸者特有的温和笑容，总是"嘎——"地发出一声类似鹦鹉的叫声，把对方赶走。但是偶尔心情好的时候，没人要求他，有时他也会主动说：

"我给你们当马儿吧。"

他人高力大，体壮身肥，骑在上面的确很舒服，是一匹好马。但如果今天马的脾气不对头，哪怕两派的孩子王在扭打激战，他也会成为一匹呆立不动、束手无策的悍马。

我感受到他身上深不见底的沉默，以及从沉默深处喷涌而出的泪水，不禁想了解他为什么会这样，于是不顾大家的嘲笑，努力接近他。我在他看上去心情不错的时候，用简短的"你早""再见"对他打招呼。他却像皇帝对臣下一样，头都不点一下。但是，我没有气馁，依然时常问候他。有一天，他从像虱子一样紧趴着的座位上站起来，轻捷地走到我身旁，口齿不清地说道：

"某——某——是——好——人。"

然后"呼——呼——呼——"地笑起来。

这句话让我高兴得简直要跳起来，因为他的话没有丝毫虚伪的成分。我已经听过太多的假话了，这一句脱口而出的朴素话语沁入心间，我坚信我们一定会成为好朋友，可以给予这个可怜的人些许安慰。我像已经拿到打开黑暗大门的钥匙一样高兴。我觉得今天绝对是好机会，便来到他旁边的座位上，和他说话，但他只是笑，根本不予理睬，默不作声地低头看着课桌。片刻之后，他拿出绝招，对我嘎地大吼一声。我多日的良苦用心因为这一声鹦鹉般的叫唤化为泡影。蟹本并非像我那样，因为没有知心朋友才不得不独来独往，他从一开始就什么都不需要。

四

　　哥哥和这个年龄段的其他人一样，有一种强烈的令人
不快的自我扩张的欲望。他出于这种好奇和亲切，对我进
行周密而彻底的严苛教育，费尽心机要把生来就与他性格
迥异、将来肯定各奔东西的我强行扭到他的轨道上去。他
喜欢钓鱼，到了痴迷的地步，为了挽救一天天堕入歪门邪
道的可怜的弟弟——将其改造得像自己那样——大概认定
无论什么事都可以通过垂钓进行教育，于是只要学校放假，
就拽着极不情愿的我去钓鱼。我只是不愿意得罪他，无可
奈何地跟着去。哥哥让我扛着钓具，一直走到在他看来很
理想、在我看来却非常讨厌的位于本所的钓鱼池。一路上，
哥哥说我帽子歪啦、脖子低垂啦、不要老关注店里的灯笼
啦、两只手摆动幅度不一样啦，从头到脚没完没了地唠叨
责备。精神折磨加上路途长远，我到达目的地时已筋疲力

尽，从钓鱼池的旗杆下面穿过时，终于松了一口气。但哥哥马上就让我坐在湿漉漉的钓鱼池边上，嗨，又得在这里耗一天。一想到这里，我便身心疲惫，觉得实在烦透了。

池水浑浊，散发着一股难闻的臭味，插在池塘里的木桩上布满青苔。漂浮着红锈的池塘角落乱蓬蓬的水草上，水蝎在捕捉水龟，田鳖在水里钻上钻下。光是这种景象就让我心里堵得慌，再加上附近工厂敲打铁板的响声哐当哐当接连不断地在头顶滚动，简直让我的脑袋爆炸。哥哥说我切蚯蚓大有长进，了不起，我听了一点也高兴不起来。我心不在焉地拿着给我的鱼竿，但表面上还要装作聚精会神注视鱼漂的样子，同时思考着自己为什么非要喜欢钓鱼这类毫无意思的问题。哥哥由于近视，平时眼睛不太好使，可是一到钓鱼池，就像突然安上了好几只明亮的眼珠似的，在自己面前摆放着五根或七根鱼竿。

"瞧，你的不是咬饵了吗？"

他还总盯着别人的鱼漂。

我把鱼竿提起来的时候，他又指责我提竿的方法不对啊，摘钩的手法有问题啊。我恨不得让上钩的鱼儿挣脱逃走，便磨磨蹭蹭、拖拖拉拉地提竿。这时，一块净是泥巴的黄色肚皮显露出来，大概是鲤鱼吧。我正看着这鱼儿，哥哥气恼发火，一个石子扔进水里。于是鱼儿脱钩逃走了。

就这样，好不容易干完一天的苦差事，回去的时候，腥臭的鱼篓又成为我的重负。接着，他说为了有助于我的教育，故意绕道走一条我很讨厌的路——有旧货店、仓库、水沟的路，大风刮得电线呜呜响，两边摆满各种货摊。一路上被他呵斥喝骂，拖着疲惫不堪的双腿小跑着跟在后面，但因为绕得太远，在离家还不算近的地方，天就黑下来了。我心头充满郁闷和不满……只见暮色笼罩的天空中闪烁着几点星光。伯母告诉我星星里住着神佛，我从中感觉到一种力量，正怀念地望着天空的时候，哥哥对我落在后面大为光火，责备道：

"干吗这么磨磨蹭蹭的？"

"我在看'星星姑娘'。"

哥哥听都不听，呵斥道：

"笨蛋，就叫'星星'。"

可怜的人啊！如果因着某种因缘，把这个在地狱中结伴而行的人称为哥哥，那把孩子憧憬的在天空中旋转的冰冷石子称为星星姑娘，又何尝不可呢？

<h1 style="text-align:center">五</h1>

　　有一次，也是在教育的名义下，哥哥带我去海边。这次我极其痛快地表示同意。哥哥不知道我是因为有过愉快的海边旅行，以及有让我喜欢的他的好朋友先行在那边等着。在出发的前一天晚上，他带我去毗沙门天^①的庙会，给我买了一本《小国民》^②。第二天早晨，哥哥从未有过地亲切，我心想今天要是都能这样就好了，把《小国民》装进行李里，跟着他出门。这一天恰好是七夕，各处的农户都插着饰有彩色长纸条的竹枝，草屋顶上盛开着鸭跖草的花儿，感觉很凉爽。我兴致勃勃地观看，觉得新鲜，便说"城里怎么都不做这些啊"，结果招来哥哥今天第一次呵斥。绿油油的田地、天空、大海、白帆，这一切都引人入胜，令

---

①即多闻天王，佛教护法神，是四天尊之一。
②明治二十二年（1889）创刊的儿童杂志。

人心旷神怡，本来想说想问的事情很多，可是被哥哥斥责心里难受。思来想去，觉得这次也许还是不来为好。我说"以后我不说了"，可这一句话又遭到哥哥的痛斥。我心想，哥哥为什么这样莫名其妙地发火，是因为我没有问他"火车为什么会动"，让他心里不痛快吗？

我们到达了随地扔着贝壳的渔村，随后来到一间被阴暗的篱笆环绕的茅草屋。除了等待我们的朋友之外，还住着一对脸色黝黑的老年夫妇和同样肤色黝黑的女儿。正是午饭时分，像黑猫般的主人给我们三人各端来两个脏兮兮的食案，都是这家人平时使用的餐具，所以要等我们吃完饭以后他们才能吃，必须吃得快一点。我心里不踏实，吃了一半就放下筷子。

由于屋子太小，于是商定让哥哥和我住到大约一里开外的海角那边。那个朋友说顺便散散步送哥哥过去，他们过会儿出发，让我乘坐乡下的人力车先行上路。拉车的大叔胖乎乎圆墩墩的，看上去质朴实在，没有不好的感觉。可是人力车在阴暗的篱笆间穿来穿去的时候，一股未曾有过的寂寥感袭上心头。我拼命地想转移想法，但家里的杉木围墙、客厅的样子都不由自主地浮现在眼前，想到今天和明天晚上都不能回去，不知不觉地伤心起来，泪水啪啦滴落在膝盖的围毯上。附近玩耍的渔家孩子看见，一下子哄笑起来：

"哎……呦……哭鼻子了，哭鼻子了啊……"

拉车大叔几次回头，流露出安慰的表情，还说了些什么，但因为是方言，我不懂什么意思。一只美丽的相手蟹从路旁的墙根爬出来，被人力车的响声吓得逃走。我想要这只相手蟹，在车上斜眼看着，不一会儿来到海边。道路沿着小山在波涛荡漾的海岸边蜿蜒穿行。我担心涨潮把道路淹没，无法通行，但是大叔镇静自若，一边似乎在思考什么问题，一边慢慢前行。在即将进入一段开凿的山路时，我往后一看，发现了哥哥和那个朋友的身影。我竭尽全力将涌上喉咙的啼哭忍下去，这个时候哥哥急如星火地追上，让我从车子上下来。从悬崖的海岸边，如鱼的脊鳍般犬牙交错的岩礁一直延伸到海里，被挡住去路的波浪像传说中秃头海怪的脑袋一样，圆圆地隆起，摔碎在礁石上，飞溅出无数的水花。道路每一次拐弯，海岸都变得又小又窄，弯进陆地，低低的海浪间歇性地涌起，哗哗冲击沙滩，再退下去。听到这海浪拍岸的声音，堵塞胸间的好不容易止住的泪水又流淌下来。一个浪头涌上来，哗啦摔碎，泡沫继而消失。啊，真好！一会儿，又一个浪头涌上来，哗啦摔碎。走过一个海湾，就听见下一个海湾传来阵阵涛声。肚子饿了、腿脚酸累，可海角还在遥远的地方，传来的依然是不绝于耳的汹涌浪涛声。当赶上前头四五匹慢吞吞的母马时，那个朋友发现我的眼睛噙着泪水，便小声告诉哥哥。哥哥说"别理他，别理他"，径自快步走去。

朋友几次回头看着我，最后停下来，关心地询问我"是走累了吧"，"是哪里不舒服吗"。我诚实地回答说：

"是听到海浪的声音感到伤心。"

哥哥瞪着眼睛说道：

"那你一个人回去吧！"说罢加快了步子。

朋友对我的回答感到惊讶，赶紧劝慰哥哥，同时对我说道："男子汉必须更加坚强。"

六

在海角悬崖底下不远的地方，有一家孤零零的僻静的旅社。我们到达的时候，太阳坠落，金色余晖燃烧的云彩如车子般转动，接着逐渐变成红色，变成紫色，变成蓝色，与天空的颜色融为一体，随即黯然消失。我抓着廊子上的柱子，眺望海角飞溅的波浪泛着青白色的微光，觉得咽喉突然发紧，泪水不由自主地顺着脸颊流淌下来。我把泪水一遍又一遍地抹在柱子上，拼命忍着不哭出来，只是一心期盼明天快点来临。天阴欲雨，晚风呼啸着刮起阵阵松涛，虫声骤起。女佣来关门，我只好回屋，尽量掩饰一脸的哭相，把《小国民》拿出来阅读。卷头画是额头中箭的鬼童丸，他一只手拿着牛皮，另一只手提刀正准备砍向赖光。① 我一

① 鬼童丸是《古今著闻集》第九卷中出现的反面人物，他打算伏击源赖光，结果反被赖光所杀。

164

页一页翻下去，"少年鼓手"的题目跳进我的眼帘，于是从这个故事开始阅读。插图是主人公鼓手举着鼓槌，敲击挂在胸前的大鼓，不管落在后面的伙伴，独自向前走。我看着看着，竟然将这脑袋大、脑子笨、平素被人瞧不起的鼓手当成了自己，泪水簌簌掉落在书本上，于是得到最后一声训斥。

第二天早晨，大海上浓雾弥漫，但传来渐行渐远的摇橹声，让我极度喜悦。不见船影，唯闻橹声，犹如鸟鸣，也似幼兽寻觅母乳的声音。哥哥的那位朋友过来，我们一起到海边去。沙子、石头、被波浪冲上岸的海草都沾满了朝露，昨晚虫声聒噪，如今四处还零落唧唧的虫鸣。在平地与倾斜的沙滩间隆起的沙丘上，倒伏着杂草和被风刮倒的黑松，便于将渔船拖上岸或者推入海中的滑道、类似鸟巢的鱼篓、用以舀船舱积水的木桶、绳子、海胆、海星壳等散落一地。少顷，云开雾散，红彤彤的朝阳从泛着亮光的湛蓝大海上冉冉升起，待到感觉身上汗津津刺痒的时候，只见一群渔民和女孩子从沙丘中间的小路上熙熙攘攘地下来，开始拉网。他们发出低沉的嘿嘿的吆喝声，一步一步把围网拖上来。他们还把沙滩上到处堆积的石花菜点燃，扑哧扑哧地冒着白烟。哥哥一个人游到对面的岩石那边，我只好在下雨时才会变成小河的水洼里捡石子、摸贝壳。那里面有许多小寄居蟹，乍一看像是贝壳，伸手一碰就敏捷地爬动。有尖的，有圆的，寄居蟹随心所欲地躲在里面。怎么每一只贝壳里都住着寄居蟹呢？我觉得有点奇怪。那位朋友不知道在哪里发现一个长约两寸的海螺壳，送给了我。上面有两个孔，可以穿细带子。我心想回家以后，把姐姐送给我的阳伞装饰坠拴在上面。这时，哥哥游完泳过来，命令我把手里所有的石子、贝壳统统扔掉。没有办法，我很不情愿地扔掉一个，再扔掉一个，最后全都扔掉了，但这个海螺无论如何也舍不得。哥哥立即发火了，冲我挥舞拳头，朋友见状赶紧劝阻。在他的说服下，哥哥才勉勉强强地同意将这个海螺带回去。如今这个海螺还放在那个旧玩具箱里，拴着坠子。

七

　　哥哥从各个方面对我进行热心、周密而严厉的教育，但后来因为一起偶发事件，导致两人别别扭扭的关系彻底决裂。

　　哥哥后来不再满足于去鱼池钓鲤鱼，开始学习撒网，还是照例让我提着鱼篓，经常带着我去附近的江河。走四五町路，过一座桥，就是河滩。河滩上摆放着一排排如盾牌般的木框子，染成红白两色的花纸绳系在框子上晾干。^①再走不多远，就是水车场。我看着水在长长的导管里互相冲撞拥挤着疯狂地流过来，如一群活物，不由得毛骨悚然。大水车喷吐着水沫的气息，挥洒水滴的汗珠，咯噔咯噔可怕地转动着。在米糠飞扬的舂米场，无数的木杵发

---

①花纸绳用纸搓成，包装礼品时作捆扎用。把这些纸绳子系在木框子上，染成红、白、金等各种颜色。

出咕咚咕咚沉重的声音，如跳独脚舞一样捣着米。我走到它跟前，不知何故觉得舌根发苦，心情极为压抑。从这里再缓缓往上游走去，便是堤坝。浑浊发蓝的水在上面分成三股，一股流往导管，一股流往对岸的森林，一股从堤坝口轰隆隆惊天动地般滚落下来。我看着激越飞溅的水珠、翻涌浮动的水泡、顺着悬崖奔腾而上的水流、向两旁恣意横扫的水箭，无法忍受的岑寂恐惧袭上全身，一心只想着快点回去，快点回去。这个瀑布潭的主人，有的说是河童，有的说是长达六尺的大鲤鱼，而且都说是听亲眼看见的人讲的。每年都有一两个孩子被瀑布潭的主人盯上而丧命，后来在砂石滩上竖起一块塔形木牌，算是对这些可怜的孩子的祭奠。这些孩子都发生了什么事呢？上面是绿油油的辽阔水田，清风吹拂，水波涟漪。我不禁心口堵塞，泪水盈眶。这是来自心底深层的涌动，无法阻挡的心情。我使劲低头看着脚下掩饰哭相，走进稀稀落落并排的四五间茅草屋中的一间。这一家的买卖是租赁渔网，出售钓具，被太阳晒得褪色的榻榻米上摆放着涂成各种颜色的酒壶状、栗子状、圆形鱼漂以及线轴、钓竿等。院子前面的水沟里有鳟鱼和虾在游动。田埂上种着一排麻栎小树，在风中摇晃。水田的尽头是山丘，黑黝黝的森林伸向远方。哥哥拿着渔网，我提着鱼篓，两人都光着脚丫从瀑布的旁边顺着悬崖下来，朝着对岸的低洼处捕捞过去。哥哥最近撒网技术大有长进，以前撒的网是葫芦形，现在能撒出圆形来，他说起来扬扬得意，可我觉得没有意思。我听着蝉鸣，看着田地里的紫云英，站在将昏暗的树影投入河面的森林中。哥哥时而拿着一两条捕捞到的橘色黄颡鱼、鮊鱼过来，一边说"长进了，长进了"，一边放进鱼篓里。

我把鱼篓浸在水里，好让鱼在水里活着。我怀着朋友般的心情往鱼篓里瞧了瞧，像我一样胆小的它们一听见轻微的动静，立即惊慌地挤在一起。这时候，哥哥就嚷嚷着说我没有看他撒网打鱼。

有一次，我站在河里的时候，看见脚边有一块洁白的石子，正要弯腰捡起来，被哥哥发现，大喝一声：

"你干什么？"

"捡石子。"

"混蛋！"

我已经不再害怕哥哥了，这是这一阵子思考思考再思考的结果。

"哥哥。"我在他身后平静地说道，"哥哥你能捕鱼，我为什么不能捡石子呢？"

哥哥吼叫道："你狂妄！"

我冷笑一声，正面盯着他的脸。

"要是我说错了，请你告诉我。"

"我揍你！"

哥哥说着举起了手。我没有说话，把鱼篓挂在垂下来的树枝上，走上悬崖，打算回去。但看见他弯腰钻进幽暗的树荫里，突然产生一种怜悯之情，心想他嘴上虽然那么说，其实心里一定感到悲凉，于是从岸上拼命叫喊道：

"哥哥，哥哥……我还是陪着你吧……"

哥哥装作没听见，在整理渔网。

"再见。"

我恭敬地摘下帽子，独自回家。从此以后，我和哥哥绝不再一起出门。

八

　　我家的周边有一些砍伐后剩余的桑树，父亲出于自己观赏又可以对孩子进行实践教育的想法，从附近人家要来一些蚕种，养起蚕来。母亲和伯母虽然嘴里叫喊"太麻烦了"，实际上心里还是有几分高兴的，她们想如今也不会像过去那么辛苦，兴冲冲地切桑叶喂蚕，也算是一种乐趣。蚕宝宝起先躲在桑叶底下，日渐长大以后，摇晃着光秃秃的脑袋，从桑叶边上开始往里吃。我让伯母把五六条蚕放在小小的羊羹盒里，自己来喂养。伯母告诉我，蚕原先是公主，睡觉之前要对她道晚安，早晨起来就对她说早安。我让伯母在我上学的时候一定要好好照顾蚕宝宝，才出门上学去。一回到家里，姐姐就头扎毛巾，将围裙的两端塞进腰带里，我抱着笸箩，一起去采桑叶。只要是手够得着的地方，就去采又大又绿的桑叶，手指头都染黑了。从蚕那冰冷的嘴唇里吐出来的丝因为具有美丽的光泽，反倒害了它自己，而且从远古时代起就只能由人工饲养，自己不会觅食。她们脑袋并排在席子上，安静而老实地等待着人们撒下的桑叶。伯母煞有介事地说道：

"她们原先是公主，才有这么文雅的做派。"

蚕宝宝身上有一种青草的味道，身子还很冰凉，起先让我害怕，但一想到人家原先是公主，就什么事都没有了，心情平静下来，觉得她背上月牙形的斑纹是可爱的眼睛。公主在第四次坐禅以后，身体变得透亮清净，连桑叶也不吃，左顾右盼地寻找圆寂的地点。^①把她轻轻地移到茧架上，她会找到舒适的地方安顿下来，动着脑袋开始吐丝，编织隐藏自己身姿的白色幔帐。起先只是看到她头在摇动，逐渐身子模糊起来，仿佛有一种神力，即使没有梭子也能编织出袋子一样的幔帐，轻飘飘地挂在茧架上。我有一种被蚕宝宝扔下不管的感觉，就说谁也不能动，让她一直留在茧架上。但母亲和伯母根本不听我的话，把蚕茧全部摘下来，扔进锅里煮。接着，湿漉漉的黄色的丝缲出来卷绕在丝筐上，幔帐分解，惨不忍睹，最后出来的是蚕蛹的尸体。哥哥把死蚕蛹放进鱼饵盒子里，飞也似的往钓鱼池跑去。公主的美梦就这样破灭了，蚕丝被送到丝织作坊，织出难

---

① 坐禅和圆寂比喻蚕的四次蜕皮和成茧。

看的条纹丝布。

羊羹盒子里结成的蚕茧有几粒留种，但我的心也许已经深入到幔帐里头。或许是公主无法舍弃那阳光灿烂的夏天的世间，不久她漆黑的眼睛上面长出美丽的眉毛，甚至还会长出翅膀，颤动着新的快乐，那可爱的姿态呈现出往昔的模样。接着，她的身子似乎向右边画一个圈，又向左边画一个圈，寻找亲密相处的伴侣，我竟觉得比看见从竹子里出来一个姑娘更新奇。①蚕老成茧，茧破化蝶，蝶又产卵，在看着这个过程的同时，我也增加了知识。这简直是不可思议的循环之谜。我经常以这种孩子惊叹的目光观察周边的各种现象。人们对许多东西看惯以后，只是因为熟视，就会视而不见，但其实想一想，春天萌发的树芽应该每一年都会给我们带来新的惊奇，如果不知道这一点，我们甚至都不知道这小小的蚕茧竟包裹着这样的故事。

蚕种孵化的时候，桑树少了，人手也不够，根本无法饲养这么多蚕。家里人出于"麻雀很快就会来吃"这种肤浅的想法，趁着去年就与蚕公主成为朋友的我不在家，把大约一半的蚕宝宝扔到了屋后的田地里。我采桑叶的时候无意中看见，大吃一惊，立即飞跑回家，质问究竟怎么回事。但家里人都支支吾吾，谁也没有明确回答。我终于感

①指《竹取物语》中的辉夜姬。

觉出来了，恳求他们把扔掉的蚕捡回来，就差没跪下来哀求了，但他们怎么也不肯答应。当他们看到老奸巨猾的诡辩终究蒙蔽不了孩子单纯天真的慈悲之心时，便使出最后的惯用手段，对我大声恐吓。委屈憎恨的心情顷刻间涌上心头，我恶狠狠地怒视他们，像疯了一样大闹一通，然后跑到屋后大哭一场。如果有撕碎他们的力气，我大概会把他们捆成一串拉出去喂麻雀。此后，我每天都说头痛，提早从学校回家，给摇着脑袋诉说饥饿的蚕兄弟喂食。然而，这些体弱的兄弟由于无法忍受昼夜的冷热，每天都有几条被埋进泥土中。

　　一个雨天的傍晚，伯母怎么喊我，我都不回去。她出来一看，我打着雨伞站在被扔掉的蚕前面。我一见到伯母，哇地大哭起来，抓着她的围裙。伯母菩萨心肠，虽然也很想为我做些什么，却无能为力，只是反复地念经，好不容易哄着我回到屋里。后来我看见，家里人在那个地方立了一块花岗岩小碑，上面刻着我手书的"呜呼忠臣楠氏之墓"①几个字。

---

①后醍醐天皇的忠臣楠木正成被足利尊氏打败，自尽。元禄五年（1692）德川光圀为其建碑。此处指模仿此事为蚕造墓。

九

　　由于境遇加上性格的原因，早熟的我经受了很多苦恼，能给予我最大慰藉的就是绘画。父亲送给我一轴粉本画卷，说是擅长四条派①的大老爷送给他的。这是我珍藏的画卷，同时也与土狗、丑红牛一起，成为伯母乐呵呵拿出来平息我怒气的灵丹妙药。画卷上描绘着鹭鸶、仙鹤、松树、日出等美丽的大自然中美丽景物所呈现的美丽姿态，的确让我空虚而纯真的内心中充满无法言喻的美梦和憧憬。当时我已经不满足于单纯的看画，尽管知道哥哥最讨厌这种事，肯定心里不痛快，还是央求家里给我买一套便宜的画具——深蓝色的粗制滥造的纸盒子里只有八种颜料和一支画笔，盒子上绘有狮子跳跃的商标——再加上姐姐送给我的笔洗，而后先把薄纸铺在草双纸上学习临摹，再挑

————————
①日本画流派之一。据说创立者是江户时代的松村吴春，其居住在京都四条。

选粉本中比较容易的画来描绘。可是话说回来，没有人教我绘画。我把自己关在房间里反复练习，刻苦钻研，不知道经历了多少次失败，一条线的画法、一种颜色的调制，都是我独自辛辛苦苦琢磨出来的。然而对于我来说，这就是自由的创造。犹太教的神在创造万物的时候，是否也享受过我画出一只鸟、一朵花那样的满足感呢？红色颜料和黄色颜料混在一起能得到橙黄色，这么一点小事都让我欢欣雀跃。不出所料，哥哥果然极不开心，我把辛苦画出来感觉满意的作品摊在桌子上欣赏的时候，他走进来，故意横加指责，把我的画贬得一文不值。不过，我这个充满喜悦和力量的小造物主的勇气不会因此而受挫。我给草双纸上的名妓和小姐的服装涂上颜色，又在她们的下巴下面添加一条线，修改她们的眉毛，按照自己的喜好随意改动。并且像过去的神一样，把这些修改的东西视为自己的恋人，珍惜地收在抽屉里。可是，一想到创作于纸上的这些美好的东西毕竟在现实世界中难以遇见，就心慌意乱。

　　我还喜欢唱歌。① 哥哥在家时不允许我唱，只能趁他不在，尤其是晴朗的晚上，望着清澈如水的月亮，唱着宁静得沁人肺腑的歌曲，唱着唱着泪水蓄满眼眶，月亮在背后

────────────

①这里的"唱歌"指的是明治初期在学校设置的音乐课，教唱用以思想教育的歌曲。

散发着光芒。姐姐的朋友过来玩的时候，时常教我唱歌。我在学校唱歌是第一名，可是听到她圆润饱满的嗓子，我自愧不如，只能跟着她低声哼唱。这是在与阿蕙经常一起玩的倚臂窗那儿，多是在风吹梧桐沙沙响、虫声唧唧、夜鹭嘎嘎鸣叫的夜晚……

十

　　我最不喜欢的是修身课。升上高年级以后，教学不用挂图，改为课本，可我总觉得课本封面很脏，里面的插图很糟糕，纸张和铅字也很粗糙。这样拙劣的书本拿在手里都觉得恶心。就内容而言，都是孝子受到老爷的表彰、老实人成为大富翁之类，枯燥无味。再加上老师除了进行最低级的功利性解读之外别无本领，结果好端端的修身课不仅没有让我变得善良，甚至适得其反。从年仅十一二岁的孩子有限的知识和个人经验来看，发生这样的事情实在无法解释。我认为修身的教材是骗人的，所以在这不守规矩、不讲礼貌就会扣品行分数的可怕课堂上，故意双手托腮，东张西望，打哈欠，用鼻子哼歌，尽可能地淘气捣蛋，以表达自己对修身课难以抑制的反感。

　　我上学以后，听"孝顺"这个词差不多有一百万遍。

然而，他们的"孝道"终归是基于将享受人生、延长生命作为最大的幸福，并对此表示感谢。这对我这样早已开始经受人生之苦的孩子来说有什么权威呢？我想问清楚这个问题，有一次上课，我针对所有学生都视如恶性肿瘤不敢触碰，只是生吞活剥听讲的孝道提问：

"老师，人为什么必须孝顺？"

老师瞪圆双眼，回答道：

"饿了能吃上饭，病了能吃上药，这都是父母的赐予。"

"但是，我不想这样活着。"

老师脸色越发难看，说道：

"因为父母之恩比山高比海深。"

"但是，在我不知道这句话的时候，我更孝顺。"

老师勃然大怒。

"知道孝顺的人举手！"

所有的人齐刷刷举起手来，言下之意，就我一个是不孝之子。这蛮横无理的卑怯行径让我感到撕心裂肺的暴怒，但的确只有我羞愧脸红没有举手，并因此受到大家的藐视。我尽管感觉窝囊气恼，却一句话也不说，沉默不语。从此以后，老师经常用这个有效的手段堵住我质问的嘴巴。我为了免于受辱，只要有修身课，那一天就不上学。

十一

　　一天晚上，朋友叫我一起去少林寺玩。寺里有一个比我小一岁、低一年级的孩子，名叫阿贞。跟他是在学校里认识的，但没到成为朋友的程度，因为没有机会，也没有这个意愿。我第一次去寺里找他，怀着极大的好奇和不安穿过没有门扇的山门。来到还有印象的阏伽井旁边的桂花树下，我们轮流叫喊，阿贞吧嗒吧嗒打开内玄关的门，让我们到会客厅。因为来了稀客，家里人特地把平时不用的吊灯拿出来，是当时甚至都不太多见的老式马灯。油灯放在四面都是玻璃的箱子里。我们在上下左右都放射出亮光的马灯照耀下，入迷地玩着多米诺骨牌、道中双六棋。我现在还记得其中有一幅在日本桥上卖鲤鱼的画，我把"御油"①

---

①东海道的驿站，现为爱知县丰川市御油町。御油正确发音是"goyu"，但日语训读也可念为"oabura"。

念成"oabura"，被阿贞笑话。这是我第一次夜间出来游玩。阿贞的家人都喜欢小孩子，性情开朗，和我们一起玩，让人很开心。虽然是第一次见面，却玩得很热闹。我因为体弱多病的缘故，在家里的兄弟姐妹中最受宠爱，使我变得相当任性，但平时的言行举止都受到来自四面八方的规制的约束，没有像一般的孩子那样痛快地玩过，也没有玩耍的地方，因此，这个好像只对小孩子开放的没有门扇的山门里面，对我来说是无法忘怀的自由天地。

因着这个缘故，此后我三天两头就去那里玩。由于种种原因，我失去了普通小孩子拥有的许多幸福，这样一个不像孩子的孩子，在这里不知不觉像个真正的小孩那样度过了一段天真快乐的时光。一个胆怯忧郁的孩子，在这里积累了只有在灿烂的阳光下才能获得的有关大自然的知识；天生的性格——而且是颇受哥哥贬斥的性格——经过这里的培养，塑造出后来的我。从种种意义上说，少林寺都对我具有特殊的意义。

少林寺的施主主要是旗本^①，其势力之大甚至绘入了江户时代的画卷，但明治维新以后，他们风流云散，零落四方。有人来到此地定居下来，但后来也大多衰败沦落，所以寺院也陷入困境，逐年荒凉破败。然而，伯母背

①江户时代直属于将军的家臣中，俸禄在一万石以下、有资格直接晋见将军的家臣。

着我去逛寺院时的印象如今依然留在记忆里，玄关屏风上的孔雀还是那样垂着高傲而华美的尾巴，花团锦簇的牡丹上几只蝴蝶翩翩起舞，仿佛依旧陶醉于昔日的美梦中。隔着高高的石楠树篱，左边是住持僧居所。从居所右拐是内院，有花坛和草莓园。经过修剪的老树四处洒下巨大的阴影。由此处右拐，是朝西的正殿。正殿所在的院子角落上有一棵巨大的罗汉松，盘曲嶙峋的树根蔓延到院子中间，纵横交错、茂密伸展的树枝撑出广阔的绿色帐篷，大概可供数百行脚僧在底下憩息，这也是我们傍晚避雨的所在，夏日乘凉的去处。低处山崖边上的地里种着的萝卜、油菜的花开了，还有王瓜、乌蔹莓等，变成一块繁芜杂乱的地块，里面有一口老井，有蚊子从井底轻快地飞上来。从罗汉松后面沿着长有山白竹的堤坝上的狗道往北穿过去，是一片长着栗子树的墓地，栗子花和栗子叶间挂满刺球，笋蛭经常趴在污迹黯然的墓碑上。

　　阿贞为人诙谐，脾气温和，什么都听我的，我们能玩到一起。我以前没怎么在户外玩过，缺少这方面必要的知识，所以阿贞又成为我的老师，两人玩得很开心。

十二

春天时节，翻过一个山坡，到那边开阔的原野去放风筝。阿贞的风筝画着胡子达摩，我的风筝是拉门纸糊骨架，绘有金太郎图像。起先还能控制提线，让它听我指挥，但随着风筝升高，就渐渐不听话，最后竟然通过一根线开始支配抬头仰望天空的放风筝的人。它发出呼呼的声音，悠然摇摆着尾巴，仿佛在天空的大海中游泳。它具有强大的拉力，使劲地拽着我，像是被触怒一样开始旋转。我感到害怕，一边喊着"放过我吧！放过我吧！"一边拼命用滚轮放线，安抚它的心情。最厉害的要算消防队队长的儿子放的有八张半纸①那么大的风筝，画着简单粗糙的格子纹。藤木做的哨子发出悠扬清脆的声音，让人心情舒畅，长长的尾巴有

①长24厘米到26厘米，宽32厘米到35厘米的日本纸。

力地翘起飞扬,紧绷的提线上闪烁着钩形刀片^①的耀眼光芒。下面城镇的淘气孩子放的两张半纸大小的"般若"风筝让大家讨厌。他们从一开始就没安好心,寻衅闹事,风筝上故意不装尾巴,^②发出纸哨子难听的卜卜的声音,摇摇晃晃地升上去。关键的提线缩短以后,般若更加脾气不顺,如疯子一样愁眉苦脸地咬住附近的风筝,用新发明的锚形刀片割断对方的风筝线。我们只好在没有般若风筝的时候去,一只手拿着沉甸甸的线板,另一只手提着呈辔形的提线,风筝就像赛马场上的马一样精神抖擞,跃跃欲试冲上天去。微风吹拂的春天,在高高的天空中展现飒爽英姿的风筝大概是因为自负吧,看上去格外显眼。我们把一切都忘在了脑后,其他孩子都回去了,暮色苍然的原野上只剩下我们两个人。这时候,我们忽然心头不安起来,赶紧收线,但偏偏这时感觉风筝的拉力特别大,越是着急,越收不回来。太阳迅速下沉,天色暗淡下来,天空中只有金太郎和达摩的眼珠闪着亮光。虽然彼此都知道对方心情焦急,但都要强,谁都装作若无其事的样子,心里却盘算着,要是到晚上还没卷好拉线把风筝收回来,那怎么办啊,早知道不把风筝

---

①斗风筝时,两个风筝纠缠一起,用这种刀片可以割断对方风筝的线。
②将提线弄短,风筝难以保持平衡,会摇摇摆摆地缠住附近的风筝,用刀片切断对方的风筝线。

放那么远了……好不容易把线卷完，悬着的心终于放松下来，我们不由得看着对方，哈哈笑起来。我说出自己的真实感受：

"我刚才心里真没底。"

然后我们约定："对谁也不能说。"

接着才回家去。

十三

　　夏天，我每天热衷于捕蝉。用黏胶粘会把翅膀弄脏，就将装有三盆白①的袋子绑在竹竿头上，从院子到墓地到处寻找。因为树多，转一圈下来能捕到很多。油蝉的叫声令人烦躁，长得也不好看，捕起来没劲儿。蜩蟟的体态圆圆胖胖，叫声也十分有趣。寒蝉的歌唱很有意思，而且动作敏捷，便成为我的目标，到处追寻。对于茅蜩，我束手无策。而哑蝉②无声地在袋子里挣扎扑腾，让我觉得可怜。

　　我们还像小鸟一样，在不同的季节寻找各种树上的果实。李树上青白的花凋谢以后，豆粒般大小的果实一天天饱满，我们急不可耐地守望着。它不知不觉长到麻雀蛋、长到鸽子蛋大小，逐渐发黄，透出脸颊般的红晕，最后沉

---

①用传统方法精制的细白糖。
②不会叫的雌蝉。

甸甸的硕果压得树枝垂到地面。我得到家人在"不许吃到肚子痛"前提下的允许，经常偷偷去摘李子吃，每次都吃到打饱嗝。可恨的是乌鸦也瞄上了李子，摆动着尾巴啄食果实。

打栗子着实是一件愉快的事情。一个人拿着竹竿，另一个人提着笸箩，睁大眼睛在墓地里到处寻找。要是发现沾满露珠、成熟裂开的栗子，那没有比这更高兴的了。用竹竿一敲，刺球噗噗地摇晃着脑袋，给我一种一定味道很美的手感。于是使劲一捅，栗子噼里啪啦掉下来，跑过去捡起来，有三个，试吃其中的一个。另外还会摘草莓、柿子什么的。

我对山樱桃和大枣其实不太喜欢，但因为嘴馋，全摘下来，枝头上一个也不剩。木瓜的枝杈难看，却开着清雅的花，但果实又不似花，显得粗糙生硬。扑通扑通掉下来，虽然闻起来有点香，却味道发涩，而且像石头一样咬不动。

宽敞的院子里到处都辟有花坛，还有树木，四季花开，终年不断，有百合、向日葵、金盏花、千日草、雁来红、状如鱼籽的棕榈花等。

初夏院子里的景色最令人心旷神怡。暮春时节，晚霞浸染天边，时而有南风、时而有北风不定袭来，晴雨冷暖无常的季节过去以后，天地焕然一新，成为鲜艳晴朗的初夏的领地。天清如水，阳光灿烂，熏风吹拂，紫影摇曳，连阴郁的罗汉松也随着季节的变迁从内芯散发出鲜活明朗的气息。蚂蚁到处造塔；白蚁出洞，旁若无人地恣意飞舞；可爱的小蜘蛛一到傍晚就开始在树枝和屋檐下起舞。我们用灯芯引出蛴螬①；把黑胡蜂窝填埋，听着它们发出尖细的叫声；还寻找蝉蜕，到处捅毛毛虫玩。初夏时节就是这样快乐活泼，一切生物都生机勃勃，没有一样不让我们开心。在这个季节，我们喜欢站在略显昏暗的罗汉松下，入迷地眺望着逐渐融入暮色的宁静的远山。绿油油的水田、森林、随风传来的水车声、蛙鸣、远处高地上的树木中荡漾回响的钟声。我们沐浴着夕阳余晖，一边看着成群的夜鹭展翅优美从容地飞去，一边唱着《晚霞夕照》。有时还能看到白鹭伸直长脚飞向远方。

---

①即金龟甲的幼虫。

十四

　　在温暖的阳光中，地上的花朵仿佛笼罩在温暖的美梦里，露出迷人的微笑，仿佛是这梦的国度的女王。花坛上盛开着牡丹，白的、红的、紫的。蝴蝶穿着同样也像梦幻般的五彩缤纷的羽衣在花丛中嬉戏起舞，色彩斑驳的金龟子全身沾满花粉，沉浸在花蜜里。住持僧居所不远处有一间单独的住处，住着一位老僧。也就是在这个时节，才能见到这平时总是关门闭户、毫无动静的住处的纸拉门打开，看见老僧倚靠在凭肘儿上的姿态。这住处的前面，有老僧珍爱的牡丹古树，粉红的花瓣飘溢着淡雅的芬芳，正开得灿烂。这里与正房隔着狭小的里院，中间有一座弓形的小桥，阳光充足的檐廊下生长着一丛茂盛的秋海棠。檐廊对面，左边尽头是梧桐树，右边尽头是玉铃花树，形成一片荫凉。七十七岁的老僧住在里面，平时朝夕读经，没有一点动静。我们曾经循着从门缝流出来的熏香前去探看，只看见里面一个人如石头般无声无息，一动不动。这老僧想要茶水的时候，就摇铃，那铃声像茅蜩鸣叫。要是没人听见，他就手持状如托钵的茶碗快步走过小桥，亲自前来泡茶。偶尔有人请他去做法事，他头戴兜帽，一手拿着念珠，一手持杖，吧嗒吧嗒出门。路上人看他这个样子，谁也不会想到这个寒碜衰老的老和尚有时候还会穿上绯红的法衣。这个老僧隔着这一座小桥，把自己与这世界隔绝起来，仿佛除了知道夏天来临、牡丹开花之外，其他一无所知，过着孤独寂寥的日子。我的童心逐渐对这位老僧产生敬慕之情，开始有一种依靠他的想法。那时我和寺里的人们都已经熟悉，不管阿贞在不在，我几乎每天都去玩，像老年人那样背着手，在院子里、冷清的墓地里转来转去，还时常想到别人和自己的人生际遇，伤感慨叹，热泪盈眶……我怀着戴着脚镣的犯人羞愧于自己的形象一样的心情，习惯于低头看着脚下，边走边思考。

十五

　　有一天，阿贞不在家，我一个人去寺院玩，听见那间住处里传来茅蜩的铃声。但很不凑巧，客厅里一个人也没有，我鼓起勇气过去。走过小桥，就看见昏暗的房间里衣架上挂着半袈裟①和念珠，还闻到飘过来的清爽熏香。我都走到跟前了，却突然胆怯起来，犹豫不前。老僧耳背，大概听不见脚步声，又叮当摇铃。我拉开隔扇，伸出手，对方满不在意地把一个很大的托盘递过来，忽然抬头看着我的脸，说道：

　　"噢，这太谢谢你啦。"

　　我眼皮颤抖着，行个礼，接过托盘，感觉羞愧又感觉高兴，像实现了一个宏愿。回到客厅，按照他们的做法泡

　　①用带子做成环状套挂在脖子上，垂于胸前，当作袈裟。天台宗和真言宗等使用这种简易袈裟。

了粗茶送过去。那座小桥年久失修，走上去摇摇晃晃，差一点洒了茶水。我低着头把茶水送上去，他又说道：

"噢，这太谢谢你啦。"

我轻轻地拉上隔扇，松一口气，退下来，过桥回去。后来我时常代替家里人给他送茶水，总想能有机会和他说话，可是到他跟前，我一直都是默默地接过茶托，默默地递上茶碗，然后回去。他跟猫头鹰似的，翻来覆去只有"噢，这太谢谢你啦"这一句话，根本不和我多说。有一次，我端着黑漆茶托过桥的时候，有吃南天竹果实的鹎鸟受惊飞起，结果让我洒了茶水。有时在月色如水之夜，会有白花缤纷飘落桥上。过桥去他住所的时候虽然不少，但他犹如枯树般的隐者，让我一筹莫展。

然而有一次，又听见叮当的铃声，我像往常那样过去，当我把茶碗放下准备回去的时候，却意外地听见他在我身后叫住我：

"你去买纸来，我给你画一幅画。"

我心里纳闷，买来宣纸交给他。老僧从深深扎根般坐着的凭肘儿旁边站起来，把我带到隔壁朝阳的房间里。这房间到处都呈现古旧的茶色，挂着一方书有"椿寿"二字的匾额。与往常不一样，他让我坐在离他非常近的地方，我浑身大汗，满怀好奇，聚精会神地注视着他的一举一动。

我本以为此人注定至死都会如石佛一般摇铃。老僧取出一方大砚，磨墨，提笔，流畅地画了一个丝瓜。一片叶，一根藤，一个瓜，又写下"不论世间何丝瓜，耷拉怎得过日子"①几个字，然后签上状似茶壶的花押，左看右看，突然嘎嘎笑起来，说道：

"好，这个送给你，拿走吧。"

说罢，把砚台放在架子上，洗好笔，回到金刚座②上，又成为平时的石佛。我就像从树上掉下来的猴子一样，垂头丧气地拿着画回家去。

三年后，老僧故去。我已经上中学，阿贞离家出去奉公，后来就一直没有去寺院。一天晚上，突然有人来通报说老僧逝去。我和父亲一起去吊唁。老僧没什么病，可谓无疾而终。听说他生前一直是由后来担任各寺住持的弟子们轮流照顾。我踏过有许多回忆的小桥，老僧的房间里香烟袅绕，在"大般若"庙会上见过的许多和尚在那里说话。在老僧给我画丝瓜的那间屋子里摆着一把交椅，他穿着金线织花锦缎的袈裟，手持拂尘，依然如往昔的石佛般寂然结跏趺坐③于其上。我来到他跟前，也一如既往地低头烧香。我们

---

①这是一休禅师的狂歌问答，意为在这个世间，像丝瓜这样耷拉垂吊着，终归是过不下去的。
②佛得正觉之坐处。此处指住持的座位。
③佛教信徒盘腿端坐的姿势。

曾给他取绰号"僧正遍昭"。一个衣着华丽的和尚一边说"寿终正寝，寿终正寝"，一边大口大口地吃着荞麦馒头。这情形越发让我觉得沮丧。

十六

几年前，因为路上有人做伴，伯母想去给祖先扫墓，似乎也动了思乡之情，打算待一小段时间便启程回来。可是回乡不久，突发大病，甚至一时都说快不行了，但看来阳寿未绝，逐渐康复。毕竟年龄已老，身体虚弱，再也不能离家出门，所以她也就断念，接受了一个远亲托她看房子的请求。

多让爱子见世面——父亲出于这个传统的想法，在我十六岁那一年的春假，让我独自去京阪地区旅行，也为了治愈我天生的忧郁症。大概病是好了，在家里叫我回去之前，我的确玩了个痛痛快快。回去之前，我打算去伯母那里，也是向她辞行。伯母住的地方叫"御船手"，旧幕府时代，据说藩的御船手组①住在这里，如今是小屋密集的河边地段。

---

①江户时代，管理幕府、藩的船只事务的人。

我到处奔走打听，怎么也找不到。傍晚时分，走进一家杂货铺对面貌似寺院的门内。不知道这里面是否有人居住，古旧而荒凉，没有一棵草，也没有一棵树，赤裸裸空空如也。我站在敞开的入口处，叫喊了两三声，无人回应。在陌生的地方，又已经入夜，我心里不安起来，环视四周，发现左边一块两坪大小、说不上是院子的空地边上有一道栅栏门。我悄悄走过去，打开栅栏门往里一瞧，只见一个脏兮兮的老太太坐在黑暗的廊子上，也不点灯，背弯得像虾一样，正在做针线活。我没有征得主人同意，擅自进入别人的院子，于心不安，不由得后退一步。可是无处可问，我只好从栅栏门上弯身向她打招呼：

"对不起……"

老太太没有任何反应，依然在缝东西。

"对不起……"

难道是聋子？手里的行李重得要从手中掉下来，我实在受不了，一边说"向你打听点事"，一边走进去。这时，她好像才发现有人进来，突然抬起头。由于黑暗，看不清楚，她老态龙钟，憔悴枯瘦，但我一眼认出她就是我的伯母。我只是怔怔地看着她。伯母急忙收拾起针线，双手按在廊子上，毕恭毕敬地说道：

"是哪一位呢？这一阵子眼睛一点也看不见了。"

"……"

"耳朵也背了。"

"因此对人多有不恭失礼之处。"

我一直没有说话，只是稍微探出身子。

她又重复道："您是哪一位呢？"

我难受之极，好不容易缓过神来，说道："是我啊。"

可是她还是说："您是哪一位呢？"

她上下打量着我，似乎觉得这个人应该可以让人放心，便站起来，将屋里放在火盆旁边的小棉被铺在佛坛边上，然后弯腰招呼我：

"请进来吧。"

这时，我终于心情平静下来，笑着说道：

"伯母，你不认识我了呀。我是某某啊。"

"啊……"

她疾步来到檐廊，睁大眼睛，眼皮眨也不眨地盯着我，接着泪水簌簌流淌下来。

"某某，噢、噢，是某某呀……"

一边说一边抚摸着比她高出许多的我，像抚摸宾头卢一样从脑袋到肩膀，而且目不转睛地凝视着我，仿佛怕我会突然消失一样。

"你都长这么高了，一点都认不出来。"

她让我坐在火盆旁边，简简单单地问候了几句，还想伸手抚摸我，也没有拜佛，只是一味抹着泪，说道：

"你来得真好。我还以为这辈子见不着你了。"

十七

　　伯母点亮老旧的行灯，说"你稍等一会儿，我出去一下就来"，脚步不稳地走到廊子，再蹭着下去，走出去了。我独自坐着，心想这一次大概是最后一面吧，伯母的衰老比我想象得厉害，自己也不知不觉地长大了。就在我沉浸于往昔的回忆时，听见了脚步声，伯母带来两个我不认识的人。他们是伯母还活在世上的老熟人，都住在附近，平时说话的伴儿。伯母高兴之极，不管三七二十一，说着"某某从东京来了，你们过来一下吧"，把他们都招呼过来。这些人平时闲着没事、清闲度日，待人十分亲切，大概已经听腻了伯母平时唠唠叨叨的"某某"，所以怀着些许好奇心过来了。当他们看到这个某某原来还是个小孩子，又折回家拿来很多零嘴。是带糖的玉米煎饼，用火烤后就会变形。伯母发现我还没有吃饭，要出去买菜，别人说替她去，但仿佛这是自己幸福的特权似的，她硬是不同意，提着带家徽的小田原灯笼出去了。他们告诉我，这家的女主人长年在女儿的夫家帮忙，所以伯母就给她看家。伯母觉得让别人照顾自己，心里过意不去，有时悄悄地干点家庭副业。正聊天的时候，伯母气喘吁吁地回来，在厨房里点亮小油灯，一边做饭一边询问东京谁家谁人的情况。大家看时间差不多了，都告辞回去。伯母抱歉地说道：

"这地方什么都没有，你就凑合着吧。"

她把一大盘寿司放在我的食案旁边，又从小炉子上热气腾腾的锅里夹出鲽鱼，我说"不要了"，她说"别这么说，多吃点"，最后夹了满满一盘。晕头转向的伯母不知道怎么欢迎我，来到鱼店，把所有的鲽鱼都买了回来。我打心底既高兴又感激，看着二十多条鲽鱼，吃得饱饱的。

吃过饭，伯母麻利地收拾碗筷，整理房间，我担心她这样身体是否吃得消。收拾完后，我们开始促膝交谈。她端坐着，目不转睛地看着我，仿佛要把我收藏在她那一双小眼睛里，带到极乐净土去。我们聊着各种家常话。我极力劝她"眼睛这么不好，家庭副业就不要干了"，她回答说：

"什么都不干，光得到别人的照顾，我心里过意不去。"

我想起伯母在我家里时的各种事情，便从脏兮兮的针包里取出一根针，为她明天的工作穿好线。我一方面觉得劳累，同时也顾及伯母的身体，很快就躺进被窝里。伯母说要对阿弥陀佛表示道谢，虔敬地坐到佛坛前面，一边捻着我见过的那串水晶念珠，一边念经。瘦削衰老的病体在闪烁的烛光中晃动。扮演四王天清正和我格斗游戏的伯母，从枕头的抽屉里拿出让我清醒头脑的肉桂棒的伯母，如今变成烛光里的影子。伯母终于念完经，关上佛坛的门，一边躺进旁边的被窝，一边说道：

"以前患重病的时候，我心想这或许是看世间的最后一眼了，可看样子寿命未尽，又成了这世间白吃饭的废物。活到这个岁数，什么时候走都无所谓了，所以我睡觉之前，总恳求着把我招去……"

伯母看着我盖被子，又说道：

"不冷吗？要是感冒了可就糟糕了。"

"……"

"每天早晨醒来，哎呀，就知道这条命还在……"

要说的话还有很多，我看差不多了，就结束谈话，打算睡觉。我们心想着不去打扰对方，都不说话装睡，但谁也没睡好。第二天，天还蒙蒙亮，我便告辞离去。伯母孤零零地站在门前，一直目送着我渐行渐远。

伯母不久就去世了。她大概像那天夜晚那样，正虔诚地坐在日夜梦想的阿弥陀佛面前表示道谢吧。

十八

　　十七岁那年夏天，我是一个人在好朋友家的别墅中度过的。这是一幢草葺的住宅，在先前哥哥带我去过的那个美丽而荒凉的半岛上，孤零零地伫立在海岸边的小山脚下。住在别墅附近的一位卖花的老太太照顾我的饮食起居。她与逝去的伯母同乡，无论从年龄还是从口音来说，都让我觉得像伯母。因为我听得懂那个地区的方言，还记得过去听伯母说的事情，所以我们很快开怀畅谈起来。

　　老太太年轻的时候由她的哥哥代替父母照料。这个哥哥喜欢赌博，他要把妹妹嫁给赌馆头目家，遭到拒绝，于是哥哥给她大约一百匁①棉花，告诉她自谋生路吧。她把棉花纺成线，拿到批发店换成棉花，再纺线交换，这样计算工钱多少，米价多少，扣除生活费能勉强剩余多

————————————
① 日本旧时重量单位，1 匁为 3.75 克。

少。在给自己缝制和服的时候被哥哥看见，哥哥严厉斥责她"怎么也不跟我说一声，就买了这种东西"。这件和服是用织布机织的，她打算去参拜善光寺的时候穿，所以没多考虑就出门上路了。当时老太太还是个只有十七岁的少女。路上发现一个看似人贩子的男人总是跟着她，心里害怕，在太阳还没有落山时便走进信州的妻子客栈①，打算在那里投宿。可是那个人也跟着走进客栈，而且先她一步进到里面。于是她准备离开，可是店老板千方百计要把她留下来。她心想自己刚刚进来，屁股还没有坐暖，住宿钱也没谈妥，太阳还这么高高的，凭什么不让自己走。她说你这家店怎么这样不讲理，店老板说刚才那个客人吩咐，他离开之前不能让你走。她不得已，只好对刚好来投宿的一个同乡人诉苦，请他和老板说说。老板一听，二话不说，一口答应她可以离开。可是当这个同乡人走后，老板立刻变脸，又不许她离开了。她又向恰好经过的一个老大爷求助，那个老大爷很痛快地表示愿意帮助她，说"你到我家里来，我让你和去善光寺的飞脚②一起走"。她信以为真，到了老大爷家里，帮忙干了一个月的农活，却不见飞脚。不得已，

①客栈的店名，位于中山道上，正确名称应为"妻笼"，也就是现在长野县木曾郡南木曾町吾妻的妻笼。
②日本旧时传递信件、小额金钱、小货物的运输工。

她只好独自外出当佣工，路上遇到一个同行的人，一起出发前往善光寺。途中经过一家客栈，由于"不可思议的因缘"，在曾经给她抬过轿的轿夫、客栈的老板、驿站官吏的撮合下，和一个捕吏结为了夫妇。可是不知道什么缘故，这个男人十分不情愿，一直想逃跑，却没有逃成，两人也在一起过了几年。她终于如愿以偿，参拜了善光寺。不凑巧的是，这时候两个人患上严重的麻疹，都卧床不起。

后来，她好不容易病愈恢复健康，就利用自己的裱伞手艺开始做生意。在到处借债还钱的循环中，幸亏有一座寺院预定了大量的台伞[①]，从此生意好转。于是打算一边在路上制作台伞一边回乡，都已经走到某某地了，可就是过不了关卡。四处漂泊许久，终于在离这儿不远的一个町定居下来，开始经营伞店。之后生活幸福，生意兴隆，店铺随之扩大，后来也有了几个徒弟。老头子因为眼睛不太好，不做买卖了，改为他喜欢的种花，然后出售。可是，自从老头子九年前在六十九岁时去世以后，整个家开始破落衰败，成为今天这个样子。

在单数的日子，老太太一大早就背着筐子出去卖花。大家喜欢她，给她点心、菜肴什么的，一天只要能挣得购买

①长柄折伞。大名出行时把折伞装在伞袋中，拴在长竹竿上，由侍从举着行走。

两合①半大米的五钱就行。她说,神佛告诉她只有一年半的寿命,她也办妥了永代经②。现在的家虽然只是几间破房子,但卖了以后足够葬礼的费用,所以没有任何可担心的。老太太拿来用紫色包袱皮包裹的脏兮兮的账本,说道:

"什么都记在这里面。"

然后翻开来给我看,从明治二十二年做的梦开始,还有许多看不明白的事情,用不同的字迹,记录得杂乱无章。封面上写着"御梦想灸点之记"③,但根本没有关于梦境的内容。她目不识丁,请人代笔,不知道代笔者敷衍马虎,还以为自己说的话完完全全都记录下来了。不知什么原因,里面还整整齐齐地夹着一张药品广告。尽管大字不识一个,她也在旁边探头看着,说道:

"我梦见了弘法大师。"

"我也梦见了观音菩萨。"

她这样对我无拘无束,除了我想到的原因外,还有一个是在几天后才知道的,原来不仅仅是因为我能认真倾听那些如今看起来是迷信而不予理睬的话。老太太看我一眼,说道:

①日本的体积单位,10合为1升。
②接受信徒布施后,每年于故人的忌日或彼岸日在寺院为其念经。
③意为神佛托梦之记录。

"啊，你有很深的佛缘，要是当和尚就太好了。"

我说"你还想到了什么"，她蹙起满脸的皱纹，说道：

"曜，别的什么也没有。"

她一边说，一边显示出绝不撒谎，心里怎么想就怎么说的样子，接着在我旁边说道：

"你这个人不会有好姻缘。"

她还说我这个人虽然佛缘深，但因为有人捣乱，所以成不了和尚，以后还会继续有人对我捣乱。我叹息道：

"这么说，佛缘深也不管用。"

她一本正经地鼓励我："你说什么呢？以后只要一心一意地信佛，佛祖会庇佑你的。"

接着又说道："你和我们不一样，你识字，会念经文。"

她一边说，一边拿起我的手看手纹，说道：

"小小的成为阻碍的纹路都消失了。你本来可以获得本愿的，可是你没有抛弃愚蠢的自力①，你心已坏。"

说罢，放下我的手。

————————————
①佛教用语，与他力相对应。

十九

　　一天下午，我以后山山顶上的那棵大松树为目标登山，可是不知不觉迷了路，走进了山谷里。我深一脚浅一脚地分开比自己还高的树丛，不顾灌木树枝刮脸，不管军扇①般的攀缘茎刺脚，终于从令人窒息的深谷穿行出来，勉强攀上一座山峰。这座山峰像一头牛一样横亘在面朝大海的深谷正中间。我沿着它的背脊曲曲折折地向隆起的肩部走去。茶褐色的花岗岩粉末如鲨鱼皮一样板结的地方，瘦瘠的小松树横七竖八地贴着地面，来吃松果的鸟儿留下满地的鸟粪。我手脚用力，不让自己向山谷滑去，使劲抓着嶙峋的岩石，终于爬到那肩膀的顶部，看见火辣辣的太阳飞往金光璀璨的天空中。距离这里大约一町的平缓的颈部，两侧的山崖逐渐险峻，山谷越发深邃，终于在鼻头的地方恰如

---

① 日本古代军事将领在指挥作战时使用的扇子。

其分地留下一点平面，那便是尽头的绝壁。此处靠近三里长的海岸，从一两千尺高的荒山到大海的地方，伸展出的"分支"形成无数的溪谷，这里是三根"分支"中的一根，根部被海水侵蚀，反倒像是楔子般深深斜插进水里。背后是山峰，深谷的远处是更高的岩壁，围绕如屏风，形成一座蓝天为顶棚的奇异的殿堂。头顶上回响着隼的叫声，隼时常倏然而下，从眼前掠过，又飞击高空。俯视右边的山谷，一条小路蜿蜒穿过黝黑茂密的树林，贯穿山脉，通向山下的村子。从这小小的缝隙望过去，只见红色的和淡红色的山脉间弥漫缭绕着紫色与浅紫色的云彩，重重叠叠，绵延不绝。我怀着一种含着恐惧的赞美与喜悦的激情高声歌唱。回声如同有人藏在山后跟随我的歌唱重复一样，那么清晰地传来。我在这无形的歌手的激励下，放开嗓门尽情歌唱。对方也同样高声歌唱。我总是这样，在这种众人皆知的情形中感受原始性的喜悦，充满幸福地歌唱半天，在夏日落入海平线的时候，才回到有交让木篱墙的家里。

二十

　　我转到后院，打算洗脚，心想这时候应该烧好洗澡水了，便打开浴室的门走进去。我泡在水温适度的澡盆里，舒适地伸直疲惫的双腿。洗澡水浸在胸部，有一种被线轻轻勒住的感觉。我双手按着微微上浮的身体，仰起头靠在浴盆边上，转头一边朝着温热的皮肤吹气，一边回想今天的快乐。我把那座山峰叫作"回声峰"。因为这是我偶然迷路才发现的山峰，所以是只有我知道的山峰，而且必须经过危险的山崖才能到达……这一切都让我更加兴奋。我无意间透过有点浑浊的水面往下看。不仔细看还真不会发现，有一种与平时不同的泛白的油光。难道是有人泡过了吗？这么一想，觉得一切就像是这个样子。我突然非常不安。对于我来说，陌生人就是讨厌的人。就在我索然失望的时候，老妈子发现有人在里面，走进来。她说这洗澡水没有换新的，还告诉我从东京的家里来了一位少奶奶。朋友的家里应该没有这样的人啊。好像听说朋友那位嫁到京都的姐姐在夏天会来东京，所以可能是她吧。我心想要是她，那也没法子，但的确让我为难。老妈子故意煞有介事地压低声音说：

"那位少奶奶可漂亮了。"

然后走了出去。我像做了什么亏心事一样悄悄回到房间里，倚靠着柱子，十分无助。我最怕的就是第一次见面的套话寒暄。在陌生人面前拘谨规矩、毕恭毕敬，就像被一根无形的绳子五花大绑似的难受，眉间紧蹙，连肩膀都像被烧烤般感觉火辣辣的。那个人似乎在与正房分开的单独的住所里。如果她就是以前听说过的那个姐姐，那倒不觉得讨厌。可是该怎么办才好呢，思来想去，也不知如何是好。就在这时，廊子里传来轻微的脚步声，在纸拉门外停住了。我离开柱子，坐到桌子前，听见外面传来柔和平静的声音：

"对不起了。"

接着，纸拉门像是被这声音拉开一样打开了，她自言自语般说道：

"哎哟，还没点灯呢。"

长方形的黑暗空间里清晰地浮现出一张洁白的脸蛋。

"初次见面。我是某某的姐姐，在这里打扰两三天。"

"噢。"

她把一个放着清香诱人的西式点心的盘子文雅地端到等待着"宣布罪状"的我面前，说道：

"没什么好东西，不知道是否合你的口味……"

此时，那庄严冷漠的雕像一下子化为美女，我略含羞涩，微笑起来。

"我马上给你点灯。"

说完这句，她又恢复成雕像，消失在黑暗之中。

我放心地吐出一口气，对自己刚才可怜的样子深感羞愧，想回忆起那消失的身姿，却像梦幻一样虚无缥缈。我闭着眼睛，忽然这身姿逐渐清晰地浮现在眼前。她绾着很大的椭圆形发髻，头发乌黑，眉毛浓密，一对漆黑的眼眸波光潋滟。由于整个轮廓都过于鲜明，感觉难以亲近，连比上唇稍稍突出的可爱的下嘴唇也如海底冰冷的珊瑚切片。但是当她的嘴角轻轻翘起，露出洁白的牙齿时，漠然的微笑顿时让她柔和下来，白色的脸颊也晕出血色，雕像立马变成一个美人。

二十一

　　从此，我尽量不和她碰面，早晨就去回声峰，回来也尽量错开吃饭的时间。但是，既然同住一个家里，每天难免抬头不见低头见。我即使上山，也不唱歌，如同落后于季节的鸟儿，只是茫然若失地呆望着山崖绝壁间那山脉的深重色调。

　　一天晚上，夜已渐深，我站在花坛里，眺望着后山的月亮。无数的小虫摇动着铃铛，海风穿越田地捎来大海的清香和声音。那间单独住所的圆形窗户还亮着灯，窗前的荷花瓶里插着几朵收蕾的白色荷花，傍晚的骤雨凝结的水珠还挂在上面，令人感到一阵舒畅。我陷入所有思绪中最深沉，也最难以名状的沉思里，每天晚上忘我地凝视着日渐残缺的月亮……我忽然发现，朋友的姐姐也站在花坛里。于是，顿时月亮失色，花影消失，犹如水鸟倏然降落水面，身影如画映照池水，此时一切阴影都同时褪去，只有她洁白的身姿自然地浮现出来。我心慌意乱，脱口而出：

"月色……"

不凑巧，姐姐当时注意力在别的地方，朝另一边走去。我一下子觉得面红耳赤。我这个人往往会为一些微不足道的事情、只言片语的差错而局促尴尬，深感羞愧。接着，姐姐缓缓在花丛间小绕一圈，一边走回原处，一边巧妙地接口道：

"真美。"

我心头感到无比的高兴和幸福。

二十二

　　第二天，我去姐姐的住处，把报纸还给她。当时她背对着我正在梳头。长发蓬松丰满，从肩部滑落下来，如碧波荡漾。我关上纸拉门正要离开，她拿着梳子的纤手停在耳边，镜里的容颜嫣然一笑，说道：

　　"我明天就要回去了……今晚想和你共进晚餐，当作是辞行吧。"

　　这一天，我又登上回声峰，也不唱歌，在除了天空中飞翔的隼之外别无一物的大自然的殿堂里，平静地度过了半天。回声也销声匿迹，不来干扰我这个亲密歌伴的沉思。

　　晚餐的餐桌上铺着洁白的桌布，老妈子坐在侧面，我和姐姐相对而坐。害羞、喜悦、岑寂而悲伤的心情交织在一起。

　　"那请用餐吧。"

姐姐微微俯首，说道：

"我不是好厨师……不知是否合你的口味。"

她腼腆地微微笑着，将目光移到餐盘上。盘子上盛放着她亲手制作的豆腐，那颤巍巍的雪白纹理上晕透出蓝色的纹饰。姐姐给我擦香橙泥。浅绿色的香橙泥扑簌扑簌撒在豆腐上，仿佛融化的感觉，然后倒入特制的酱油，豆腐立即染上一层浓厚的红褐色。把这豆腐轻轻放在舌尖上，那清淡的香橙香气、浓郁的酱油味道、凉爽光滑的触觉混合在一起，在嘴里转动两三下，豆腐里层的细微淀粉味留在唇齿之间，化开来，回味无穷。另一个盘子上盛着一排小竹荚鱼，并排的尾巴翘起来。一侧的鱼肉烤得呈栗色，背脊发青，腹部泛着亮光，有一种特殊的温和气味。撕下厚厚的一块肉质紧实的鱼肉，蘸着调味汁来吃，味道醇厚。餐具撤下去后，端上来的是水果。姐姐从大梨子里挑出一个看似肉甜汁多的亲手削皮。梨子颇重，为了防止滑落，她指尖用劲削出筇状的圆环。梨在她纤细修长的手指间转动，黄色的梨皮从她白皙的手背上卷起云状垂下来。梨汁滴落下来，姐姐说她不太喜欢吃梨，然后把梨放在盘子上。我把梨子切成薄片，放进嘴里，看着姐姐将一粒美丽的樱桃轻轻地含在唇间，然后卷在小舌尖上灵巧地转动，那嫩贝般漂亮的下巴好看地动着。

姐姐从未有过地开心。老妈子也谈笑风生。她还让我猜猜人有多少颗牙齿。我就像小孩子常见的那样，把脑袋贴在姐姐的后背上，久久考虑后没回答。她说：

　　"除了智齿，大概有二十八颗吧。"

　　"谁的牙齿都是二十八颗。"

　　"谁说的啊，释迦牟尼佛就有四十多颗牙齿。"

　　老妈子表示不同意。这时，姐姐的嘴角微微翘起，露出美丽的牙齿。后来话题转到鸟儿上，老妈子说她家乡有很多白鹭，大雁也飞来，也有野鸭，还有成群的鹤飞来。每年飞来的必定有一对白颈鹤，它们来的时候，都要向领主报告。白鹤转动着脖子鸣叫，它们叼来小树枝，在镇守神社的大杉树上筑巢，那巢像篮子一样。老妈子谈兴甚浓，我问她这都是什么时候的事，她说是她小时候的事。

　　"那现在已经没了。"

　　"你不知道，现在还从那儿过，而且每年都孵小鸟呢。"

　　老妈子固执己见。姐姐美丽的嘴角倔强地翘起，露出白色的牙齿。

　　本来第二天早晨就要上路的姐姐不知何故拖到晚上。傍晚，我洗完澡，老妈子好像干活去了，室内昏暗下来，我便想去花坛。这时，从姐姐住处的圆形窗户传来"把灯火借我用一下"的声音，她端着盛放着水蜜桃的盘子前来道别：

"要是有机会来京都，请一定来我家。"

我下到院子里，坐在花坛的凳子上，望着朝大海方向流转而去的星星。除了远处的涛声、近处的虫声，还有天空……其他什么都没有。老妈子雇车回来。姐姐已经准备停当，我看见她一身漂亮的装束，手持油灯往我的房间小跑而去。一会儿，老妈子把行李搬出来。接着，姐姐从廊子走向玄关，路过我身边，弯腰说道：

"请多保重。"

可是，不知何故，我故意装作没听见的样子。

"再见了，请多保重。"

我在黑暗中默默地低着脑袋。车子的声音逐渐远去，接着是关门的声音。我躲在花丛里，擦拭着止不住流淌的泪水。我为什么不说话呢？为什么不对姐姐道一声再见呢？我伫立在花坛里，直至感觉身子发冷。比昨晚更残缺不全的月亮从山后升起来的时候，我才不情愿地回到房间。我无精打采地把两只胳膊支在桌子上，将如脸颊般泛着微红、如下颚般丰腴柔软的水蜜桃轻轻地裹在掌心，然后轻轻地贴在嘴唇上，闻着透过那丰厚细腻的肌肤散发出来的甘甜香气，又开始热泪流淌。

大正二年初稿

图书在版编目（CIP）数据

　　银匙／（日）中勘助著；郑民钦译 . —— 海口：南
海出版公司，2021.7
　　ISBN 978-7-5442-9363-1

　　Ⅰ . ①银… Ⅱ . ①中… ②郑… Ⅲ . ①长篇小说－日
本－现代 Ⅳ . ① I313.45

　　中国版本图书馆 CIP 数据核字 (2021) 第 044961 号

银匙
〔日〕中勘助 著
郑民钦 译

出　　版　南海出版公司　　(0898)66568511
　　　　　　海口市海秀中路51号星华大厦五楼　　邮编 570206
发　　行　新经典发行有限公司
　　　　　　电话(010)68423599　　邮箱 editor@readinglife.com
经　　销　新华书店

责任编辑　翟明明
特邀编辑　褚方叶
封面插画　画言所
装帧设计　李照祥
内文制作　田小波　王春雪

印　　刷　河北鹏润印刷有限公司
开　　本　850毫米×1092毫米　1/32
印　　张　7
字　　数　120千
版　　次　2021年7月第1版
印　　次　2021年7月第1次印刷
书　　号　ISBN 978-7-5442-9363-1
定　　价　49.00元